SARA FIDÉLIS
Onde voam as borboletas

astral
cultural

Copyright © 2025 Sara Fidélis
Todos os direitos reservados à Astral Cultural e protegidos pela Lei 9.610, de
19.2.1998. É proibida a reprodução total ou parcial sem a expressa anuência da
editora.

Editora
Natália Ortega

Editora de arte
Tâmizi Ribeiro

Coordenação editorial
Brendha Rodrigues

Produção editorial
Manu Lima e Thais Taldivo

Preparação de texto
Wélida Muniz

Revisão de texto
Alexandre Magalhães e Fernanda Costa

Capa e ilustração
Mary Cagnin

Dados Internacionais de Catalogação na Publicação (CIP)
Angélica Ilacqua CRB-8/7057

F471O

    Fidélis, Sara
      Onde voam as borboletas / Sara Fidélis. — São Paulo, SP :
Astral Cultural, 2025.
      256 p.

    ISBN 978-65-5566-621-2

    1. Ficção brasileira I. Título

25-0980   CDD B869.3

Índice para catálogo sistemático:
1. Ficção brasileira

BAURU
Rua Joaquim Anacleto
Bueno 1-42
Jardim Contorno
CEP: 17047-281
Telefone: (14) 3879-3877

SÃO PAULO
Rua Augusta, 101
Sala 1812, 18º andar
Consolação
CEP: 01305-000
Telefone: (11) 3048-2900

E-mail: contato@astralcultural.com.br

Esta é uma história baseada nas viagens da minha cabeça, então a dedico para todos aqueles que amam se aventurar por este mundo afora, e também para os que só viajam nas páginas dos livros.

É um imenso prazer estar aqui e compartilhar mais uma história com vocês. Espero que se apaixonem pela trajetória de Camila e Iago, e vivam cada segundo desta aventura ao lado deles. Esta história fala de luto e superação, mas, acima de tudo, é sobre se redescobrir e se apaixonar em meio às imprevisibilidades da vida.

Aproveitem a viagem!

Sara Fidélis

1

Camila

Depois de abrir as cortinas e parcialmente a janela, puxo a cadeira para o lado da cama em que minha mãe repousa. Engraçado ver que um móvel da cozinha se tornou parte da decoração do quarto. É onde me sento quando chego em casa, todos os dias.

Observo o rosto dela, seus olhos parecem cansados, mas ainda assim ela sorri, carinhosa.

— Que bom que chegou, Mila. Como foi no trabalho?

A luz suave do fim de tarde invade o cômodo e ilumina suas feições, que ficam ainda mais pálidas em contraste com o lençol escuro que ela usa para se cobrir. Sorrio em resposta, enquanto me inclino para ajeitar o travesseiro atrás dela, mas meu coração está apertado. É impossível não notar a lentidão de seus movimentos, é quase doloroso. Perceber que a cada dia que passa ela definha um pouco mais me corta o coração.

— Foi bom, me diverti. — A mentira sai com facilidade.

Nós sabemos que meu salário não é o suficiente para nos manter, pois não é um emprego em tempo integral. Mas não arriscaria deixar minha mãe sozinha em casa por tantas horas. Então algumas tardes da semana pego umas sessões de fotos para fazer, que é minha grande paixão, para conseguir pagar o aluguel e comprar comida.

Infelizmente, os horários mais procurados são as noites dos finais de semana, quando acontecem as festas infantis e os casamentos, mas não posso me ausentar nesses horários, então preciso me virar com o pouco que aparece.

— Que bom, era uma gestante?

— Isso mesmo, ela vai ter o bebê daqui a uns dois meses — conto, me sentando finalmente —, e queria algumas fotos para registrar a barriga.

Mamãe aquiesce, um sorriso fraco estampado no rosto.

— Adoro essas fotos, são bregas e lindas — ela comenta.

— Ei! Minhas fotos não são bregas!

— Claro que não — sinto sua mão na minha, dando tapinhas de leve —, você é a melhor fotógrafa de todas. Ainda vou te ver fotografando as paisagens mais incríveis do mundo!

— Lógico que vai — concordo, porque esse é meu grande sonho. — Agora vou esquentar o seu jantar, tá bom? Já volto.

Eu a deixo na cama e sigo até a cozinha. Não é espaçosa, e por isso deixo tudo bem-organizado para facilitar meu trabalho. Fiz sopa para o almoço e deixei parte dela reservada para o jantar, então agora só preciso aquecer. Acendo o fósforo e coloco a panela sobre o fogo, depois busco no armário um prato e uma colher.

Minha mãe foi diagnosticada com lúpus há alguns anos e, como meu pai nos deixou quando eu era pequena e morreu algum tempo depois, somos só nós duas, e tive que abandonar os estudos para cuidar dela. Dona Dulce é conhecida por sua persistência, e claro que insistiu que eu ingressasse em uma faculdade, alegando que poderia cuidar de si mesma, mas nós duas sabíamos que não havia essa possibilidade.

Não sei o que teria feito de diferente se tivesse a chance, porque a verdade é que, desde muito pequena, sou completamente apaixonada por fotografar. Amo me esgueirar procurando os melhores ângulos e registrar memórias que duram uma vida inteira. Então fiz disso minha profissão, e me alterno entre cuidar da mamãe e trabalhar para nos manter. Tudo seria mais fácil se aprovassem a aposentadoria dela, mas até agora não conseguimos que isso fosse providenciado.

Depois de colocar a sopa no prato, volto ao quarto e me sento novamente ao lado da cama.

— Aqui está a sopa, sei que não é a melhor comida do mundo, mas precisa se alimentar para ficar forte. Amanhã eu prometo que faço algo mais gostoso.

Ela meneia a cabeça, dispensando meu pedido de desculpas. Seus olhos verdes, que um dia foram tão vívidos, agora estão opacos e sem energia.

Com cuidado, encho a colher com sopa e a levo até seus lábios. Ela engole devagar, e percebo como esse gesto tão natural agora lhe exige bastante esforço. Ainda que faça uso de medicamentos, que tenhamos adaptado toda a sua dieta para uma comida muito mais insossa e cuidado da hidratação, além de ter o melhor acompanhamento possível, a fim de melhorar a qualidade de vida, ela não parece melhorar. Muito pelo contrário: seu coração foi alcançado pela doença, e a cada dia ela parece mais abatida.

Continuo servindo as colheradas, e me esforço para afastar o pensamento de que, talvez, não tenhamos muito mais tempo juntas. Preciso pensar positivo e esperar por uma saída, porque, do contrário, não terei forças para seguir com seus cuidados.

— Mãe, o que acha de incluirmos mais alguns passeios no nosso quadro de viagens? — pergunto, casualmente, enquanto aponto para as figuras coladas na parede à sua frente.

Mamãe e eu combinamos que, quando ela estivesse bem, viajaríamos por todo o Brasil. Moramos em Vale dos Lírios, uma cidade no interior de Minas Gerais, e, antes que meu pai sumisse no mundo, vivemos na capital por alguns anos, onde minha mãe exerceu com muita paixão, e por um curto período, seu trabalho como bióloga. Mas viemos para cá em busca de mais tranquilidade e qualidade de vida quando ela foi diagnosticada.

Sendo assim, não conheci muitos lugares, e esse sonho nunca deixou de existir; nós o alimentamos colando na parede imagens e paisagens bonitas de todos os lugares que pretendemos visitar um dia, juntas.

Isso me dá ânimo no dia a dia e incentiva minha mãe a melhorar, porque ela quer estar ao meu lado quando isso acontecer, quer me apresentar a todas as belas paisagens que já conheceu, mas que eu nunca tive a oportunidade.

Ao voltar o olhar para ela, noto que seus olhos estão fechados, sua expressão é serena, como se estivesse mergulhando em lembranças felizes. Quando os abre, há um brilho sutil ali.

— Aonde mais você quer ir, meu amor?

— Não sei, a senhora me prometeu que iríamos a todos os lugares que conheceu quando era jovem. Vamos passear pelas praias do Rio de Janeiro, pelas cidades bonitas aqui de Minas. Acho que temos que incluir uma floresta, algum lugar especial...

Ela suspira, e o som é carregado de saudade.

— Quero tanto poder te levar a todas essas cidades, Camila. Te mostrar as coisas lindas que existem no nosso país...

— E a senhora vai fazer isso — afirmo, convicta. Deixando o prato de lado, aperto sua mão entre as minhas. — Também vamos até Campos do Jordão, não é? A senhora disse que é uma cidade deliciosa, e nem fica tão longe daqui.

— É mesmo uma cidade linda, e o clima é delicioso — ela concorda, perdida em recordações.

— Então nós vamos, vou imprimir uma imagem da cidade e colar no nosso mural.

— Tá bom — ela assente suavemente —, podemos ir ao Nordeste. Quero que conheça as praias da Paraíba, de Pernambuco e talvez Salvador.

— Concordo, vamos em quantos lugares a senhora quiser.

— E vou te apresentar a todas as espécies de borboletas que fizeram com que eu me apaixonasse por elas.

Seus olhos ganham um novo brilho ao falar isso. Não é segredo o quanto mamãe é apaixonada por elas, fez dos insetos seu foco de estudo por muitos anos. Mergulhou nas pesquisas principalmente depois que meu pai a forçou a parar de trabalhar fora, e nossa casa é decorada com todo tipo de objeto que tenha uma borboleta. Infelizmente, com a doença, ela foi obrigada a se afastar delas.

— Ah, as borboletas... Elas sempre foram mais do que apenas trabalho pra senhora, não é? — Dou corda, porque gosto de ouvir a paixão em sua voz, mesmo que eu já tenha escutado essa conversa várias vezes.

— Não é óbvio? São como pequenas obras de arte que vivem dançando pela natureza. Cada espécie é única — ela diz, e seu sorriso se amplia —, como se a natureza estivesse pintando um quadro em movimento.

Sorrio, ouvindo o tom encantado que tanto admiro.

— Parece até que elas são mais que insetos.

— E são, Mila. São uma prova de que a beleza existe nas coisas mais simples e frágeis. Você sabia que algumas vivem só um dia? — ela pergunta, mas nem me dá tempo de responder. — Elas voam como se cada segundo fosse o mais precioso do mundo.

— A senhora sente falta de estar nos campos, né? Perto delas...

Eu a observo aquiescer atentamente, notando como o assunto tem o poder de a deixar animada.

— Nós vamos fazer tudo isso, mãe. Juntas. — Sorrio para ela. — Quando estiver melhor, vamos visitar cada lugar que a senhora conheceu e descobrir muitos outros. Também vamos ver todas as borboletas que existirem, não importa onde estejam.

— Vai ser lindo, Mila. Eu vou me esforçar para ficar bem logo, quero que você possa ver o mundo como eu já vi.

— Eu já vejo, mãe, a senhora me ensinou a admirar a natureza, a vida... Foi por sua causa que comecei a fotografar. Lembra que me deu minha primeira câmera? E foi pela senhora que surgiu o sonho de tornar meu trabalho reconhecido um dia.

Ela respira fundo, e seu peito sobe e desce de maneira tão lenta, que quase não consigo ver.

— Mesmo que eu não possa andar tanto, quero ver você explorando o mundo e conhecendo tudo por si mesma, não só por meio das minhas histórias.

Fico em silêncio por alguns segundos, absorvendo a força da esperança que temos quando focamos nossos desejos.

— Apenas cuide de si mesma, mãe, de melhorar. Deixe que eu cuido dos planos para a nossa aventura.

Ela sorri novamente, mas, desta vez, é um sorriso mais suave, quase resignado. E ficamos assim, em um silêncio confortável, enquanto a lua começa a se erguer, mergulhando o quarto na escuridão.

— Você sempre foi minha menina forte, filha. Se minha hora chegar e eu não puder estar com você fisicamente...

— Mãe! — interrompo, como já fiz várias vezes antes. — Não quero te ouvir falar de coisas ruins.

— Mila, me ouça, tá bom? Só estou dizendo que vou estar ao seu lado em todas as suas aventuras, de alguma forma...

— Não fala assim, mãe. Vamos realizar nossos sonhos juntas. — Minha voz treme um pouco, mas me esforço para soar firme.

Seus olhos marejados buscam os meus, e me fitam com uma intensidade que quase me faz chorar.

— Tudo bem, querida, tem razão.

E aqui, cercadas pelas sombras da noite que cai sobre nós e pelo amor que sempre partilhamos, faço a mim mesma a promessa de que farei o possível para que possamos viver tudo isso. De alguma forma, vamos redescobrir a vida lado a lado.

Quando chego em casa, estou com a cabeça cheia de preocupações. Esse é o momento de me despir dos problemas e me concentrar no tempo com minha mãe, de vermos algum programa, comermos e conversarmos, mas não consigo deixar de pensar nas ameaças de despejo do locatário. Não consegui pagar o aluguel do mês passado, e o desse mês acaba de vencer, então não foi exatamente uma surpresa quando recebi a mensagem dele informando que, se não acertasse tudo até a próxima semana, seríamos colocadas na rua.

Além disso, preciso comprar os medicamentos da minha mãe, mas consegui apenas um trabalho essa semana, e o valor mal dá para fazer mercado.

A porta range ao ser aberta, mas o silêncio que me recebe é diferente.

— Mãe? Cheguei!

Não há resposta, e sinto um calafrio percorrer minha espinha. Deixo a bolsa no sofá e caminho direto para o quarto dela, onde ela sempre está à minha espera.

— Mamãe? Está se sentindo... — A frase morre em meus lábios quando percebo que há algo muito errado. Minha mãe está deitada na mesma posição de costume, mas o som da sua respiração é pesado, irregular. — Mãe?

Me aproximo da cama, sentindo o coração acelerar, e vejo que seu rosto está mais pálido que de costume, seus lábios, secos, sem cor. Os olhos estão semiabertos, enevoados, e o peito sobe e desce com muita dificuldade.

Toco seu rosto e sinto sua pele arder sob meu toque.

— Você está com febre, mãe! Pedi que me ligasse se estivesse se sentindo mal... — digo, com a voz embargada, e busco seu celular sob o travesseiro. — Mãe?

O pânico começa a tomar conta de mim, meu instinto me diz que algo está muito, muito errado. Sua resposta é um gemido fraco, quase imperceptível, e não penso duas vezes antes de pegar o telefone com as mãos trêmulas e discar o número da ambulância. Parece demorar uma eternidade para que me atendam, mas finalmente uma voz feminina responde do outro lado.

— Oi! Pode mandar uma ambulância pra minha casa, por favor? Minha mãe não está conseguindo respirar direito, ela não me responde — explico rapidamente, tentando soar compreensível apesar do desespero.

A atendente me faz algumas perguntas, e respondo da melhor maneira possível, mas as palavras dela parecem ecoar na minha mente, enquanto meus olhos estão fixos em minha mãe. Passo o endereço e desligo.

— A ambulância já está a caminho, mãe. Aguenta firme, tá?

Tento tranquilizá-la, mas o medo não me abandona, e sinto seus dedos encontrarem os meus, com a pouca força que ainda lhe resta.

— Mila...

— Não fala, mãe. Fique quietinha pra poupar o fôlego.

Ela meneia a cabeça, discordando do meu pedido.

— Querida, eu acho que... — Uma lágrima solitária escorre pelo canto do seu olho e eu a seco com a ponta do dedo. — Promete que vai fazer...

Ela não completa, seus olhos estão fixos na parede atrás de mim, e aquiesço freneticamente, se é disso que ela precisa para se acalmar.

— Eu prometo, mãe. Vou conhecer todos aqueles lugares.

— Eu te amo, Mila. Pra sempre...

— Mãe — digo, a voz embargada quando a vejo abrir a mão e tocar meu rosto —, eu também te amo, mas a senhora precisa se acalmar e ficar...

Seus olhos começam a se fechar, e sinto o desespero me alcançando.

— Mãe!

— Vai ficar tudo bem — ela sussurra. — Eu vou estar ao seu lado. Todas as vezes que uma borboleta dançar perto de você, serei eu. Sempre vou te guiar, minha Mila, e cuidar de você, assim como cuidou de mim.

Mas já estou negando com um gesto afoito.

— Não, mãe! Não posso ficar sozinha, eu preciso de você...

As lágrimas escorrem pelo meu rosto, meu peito se aperta de uma forma que não imaginei ser possível, e o mundo ao meu redor se torna preto e branco, como se ela estivesse levando consigo todas as cores.

Me debruço sobre seu corpo. Ao abraçá-la, sinto seu toque fraco em meu cabelo.

— E, filha, não abra mão dos seus sonhos por ninguém. Nada é mais importante que você — ela ainda diz, e sei que está se referindo a sua relação com meu pai.

No passado, ela abriu mão de muito do que sonhava para o acompanhar, inclusive do trabalho e de suas paixões, e quando mais precisou, foi abandonada.

— Não vou, mãe. Vou realizar os nossos sonhos, os meus e os seus.

Ela sorri em concordância.

— Mas não se esqueça de ser feliz, Mila. Nem todos são...

— ... como ele — completo.

Ela parece ter reunido todas as suas forças para falar comigo, porque, em seguida, sinto sua mão relaxar na minha, e a outra, que tocava meu cabelo, cai sobre a cama.

O tempo parece parar, e há um momento de silêncio quase ensurdecedor no quarto, que é quebrado pelo meu grito, um que vem de dentro da minha alma agora dilacerada.

Ouço as sirenes da ambulância, mas não me movo, é tarde demais. Fico ao lado dela, abraçando-a pela última vez e, mesmo com o coração despedaçado, há uma faísca de força dentro de mim. Por ela, vou cumprir tudo que prometi.

— Por favor, mãe — peço, em meio aos soluços que fazem meus ombros tremerem —, não me deixe sozinha.

2

Camila

De repente, me vi sozinha no mundo. Eu sabia que em algum momento isso ia acontecer, mas não me preparei para lidar com o tamanho do buraco que ela deixou em minha vida nem com a dor da perda.

Desde que me lembro, éramos nós duas enfrentando os problemas, mas também vivenciando alegrias, e saber que não terei mais sua companhia quando chegar em casa me traz uma imensa sensação de vazio.

Seguir com a vida e com tudo que veio depois não foi nada fácil. Precisei preparar o velório e o enterro para nossos poucos conhecidos. Tive gastos que não previ e usei nossa reserva para cobrir tudo. E agora estou aqui, vinte dias depois, sentada no chão da sala, observando os móveis ao meu redor e reunindo forças para fazer aquilo que prometi.

Com um suspiro pesado, ergo o celular e aponto para o sofá, enquadrando bem a imagem antes de tirar a foto. Eu disse que viajaria para todos aqueles lugares, e agora só consigo pensar em cumprir a promessa que fiz antes que ela fechasse os olhos pela última vez.

Meu plano não é dos melhores, mas é tudo que tenho. Vou vender os móveis da casa, pagar o aluguel atrasado com o dinheiro que conseguir e deixar as contas em dia. Com o que me sobrar, vou comprar uma passagem para o Rio Grande do Sul, onde a irmã de uma amiga me ofereceu um trabalho como cerimonialista. Não é grande coisa, mas pretendo ficar pouco tempo e, depois de explorar toda a região, vou partir em busca de outras oportunidades, parando em todas as cidades que ainda estão coladas na parede do quarto que era da minha mãe.

Sei que o dinheiro vai acabar rápido, mas pretendo me inscrever em alguns concursos de fotografia e futuramente tentar alguma vaga na área. Só que, no momento, com meu coração em frangalhos, estou pensando apenas no presente.

Por sorte, não preciso me preocupar com a reação das pessoas com minha partida repentina. Tenho apenas minha amiga Luana na cidade, e apesar de ter vindo me visitar quase diariamente após a morte de minha mãe, sei que ela entende que preciso desse tempo longe para colocar a cabeça de volta no lugar e reorganizar minha vida.

Depois de fotografar o sofá e a televisão, faço o mesmo com os móveis da cozinha e dos quartos. Desde que eu tenha uma mochila com minhas roupas e minha câmera, tudo ficará bem. Em meu notebook, posto as fotos na internet, com os valores na descrição e a forma de pagamento. Agora me resta torcer para que tudo dê certo e eu possa partir o quanto antes.

Ao terminar, sigo para a cozinha e preparo um sanduíche com o que ainda tenho na geladeira. Estou à mesa, comendo, quando ouço a campainha tocar, seguida por batidas nada suaves na porta.

— Já vai! — As batidas continuam, e corro para atender logo.

Encontro Luana do outro lado, os braços cruzados e o cabelo escuro preso em um coque no alto da cabeça.

— Até que enfim! — Ela passa por mim, praticamente bufando.

— Eu nem demorei. Você que é desesperada — retruco, fechando a porta e caminhando de volta para a cozinha. — Estava comendo um sanduíche, você quer?

— Não, eu vim porque estava passeando pelo Facebook por acaso, muito acaso mesmo, porque sabemos que aquilo lá já faliu, e acabei me deparando com umas publicações suas, muito suspeitas.

— Ah, isso... — Eu me sento outra vez e me concentro em meu prato, ignorando seu olhar penetrante. — Eu disse que ia colocar algumas coisas para vender.

— Algumas coisas? — ela resmunga, sentando-se também. — Você está vendendo a casa inteira!

— Mas você já sabia dos meus planos — respondo, sem entender sua reação. — Foi sua irmã quem me ofereceu o trabalho em Porto Alegre.

— Mas não pensei que fosse tão rápido!

Respiro fundo, pensando no que mais posso dizer a ela.

— Eu prometi pra minha mãe que conheceria todos aqueles lugares, você sabe...

— Sei, o painel na parede.

— Isso! Preciso de um tempo pra viver meu luto em paz, sem ameaças de despejo ou problemas com as despesas da funerária, e precisa ser agora, antes que eu surte. Vou pagar as dívidas e ir até a cidade da Beatriz — me refiro à irmã dela. — Depois pretendo fazer um mochilão pelos lugares que minha mãe queria me levar.

— Um mochilão? — Luana estreita os olhos castanhos. — Pensei que fosse ficar em Porto Alegre por um bom tempo. Pode viajar, descansar a cabeça e ter um pouco de sossego, mas e depois? Não vai ter uma casa pra onde voltar, nem móvel algum!

Pondero o que ela está dizendo por um instante, antes de responder. Não quero simplesmente dizer que não ligo, que não me importo com isso agora porque só consigo pensar que minha mãe se foi e essa casa não parece mais meu lar.

— Depois que cumprir minha promessa, vou arrumar um emprego na minha área. Você sabe que eu não podia trabalhar em tempo integral porque precisava cuidar dela. Então vou encontrar algo, arrumar um apartamento pequeno, e posso comprar as coisas aos poucos.

Luana assente, pensativa.

— Você pode ficar na minha casa até achar um lugar para morar. Acho que não vai ser um problema. — Ela aquiesce outra vez, mais para si mesma, antes de abrir um sorriso largo. — E como vai ser? Você viaja quando?

Dou de ombros, ao notar que não tenho um plano tão bom.

— Primeiro, vou resolver essa questão dos móveis e da casa, mas, assim que vender tudo, eu vou — concluo, dando de ombros. — Vai ser uma vida nova, Lu. Mamãe sempre me disse que ficou presa ao meu pai por muitos anos, ele era tóxico, você sabe da história, e, no fim, ela não teve tantos anos pra aproveitar a liberdade.

Luana concorda, cabisbaixa.

— Eu sinto muito, amiga.

— Sei disso. Mas vou viver por nós duas, Lu. Vou dar orgulho para ela.

— Claro que vai, Mila... Mas pensou direito? É meio perigoso pra uma mulher viajar sozinha, principalmente para as bonitas como nós — ela fala, batendo os cílios para fazer um charme.

Luana tem a mesma idade que eu, mas as semelhanças acabam aí. Enquanto ela é uma mulher negra linda, de pele aveludada, eu sou meio pálida e tenho o rosto marcado por sardas. Seu corpo é cheio de curvas e ela atrai olhares por onde passa; eu me perderia fácil em uma multidão. Não sou feia, embora não haja nada em mim que incentive um segundo olhar, só que ela está sempre nos colocando no mesmo patamar, e sempre agradeço mentalmente sua boa vontade de nos igualar.

— Bonitas como você, Lu. Mas pode ficar tranquila, eu sei me cuidar.

— Lá vem você com essa autoestima de centavos! E sabe se cuidar nada, vou te dar uma daquelas armas de choque, por via das dúvidas.

— Tudo bem, eu aceito. Mas não precisa se preocupar por enquanto, ainda tenho que achar compradores para todas essas coisas velhas...

Como se invocada por minhas palavras, uma notificação apita em meu celular, registrando a mensagem de um interessado. Talvez não seja tão difícil assim.

3

Iago

Paro a caminhonete no acostamento e ligo o pisca-alerta. Alfredo está ao meu lado, deitado tranquilamente no banco do passageiro com a língua pendendo para fora da boca, com uma calma que só meu Golden possui. Nós dois estamos prestes a iniciar nossa grande aventura, mas, antes de seguir viagem, preciso resolver algumas pendências do trabalho, e assim evitar que me liguem e acabem com minha noite promissora.

— Sabe que nosso combinado é de que você iria no banco de trás, não sabe? — pergunto a Alfredo, enquanto ligo o notebook.

— E não quero que suje tudo aqui dentro quando decidir fazer suas necessidades — completo, com tom de repreensão ao proferir a última palavra.

Mal ligo o computador, começo a receber as notificações de e-mails e mensagens que chegaram enquanto eu estava off-line. Começo a digitar, respondendo primeiro aos fornecedores e depois aprovando os pedidos enviados pelos vendedores.

Minha família é dona de uma rede de casas de materiais de construção. Não é tão grande quanto parece, são três lojas, mas é o tipo de negócio que exige atenção, principalmente porque duas das lojas não ficam na cidade em que moramos. Meu pai está mais velho e não consegue seguir um ritmo tão acelerado, por isso boa parte da administração fica por minha conta. É a primeira vez em muitos anos que tiro férias, e mesmo assim não posso simplesmente largar tudo e desaparecer.

A empresa é quase uma extensão de quem eu sou, cresci no meio daquilo ali, vendo minha família correr de um lado para o outro para resolver pendências, sempre presos aos horários regrados e às obrigações. Gosto de lidar com números e cuidar da clientela, de oferecer os melhores produtos do mercado. Vivi preso no escritório e sempre gostei disso, mas quando nos vemos diante da fragilidade da vida, repensamos algumas escolhas. Por isso, quero aprender a ser mais flexível e aproveitar um pouco mais a vida, embora eu deva admitir que ainda tenho dificuldade com isso. O Iago de um ano atrás pensava diferente, mas, hoje, tudo que quero é viver.

Além disso, eu preciso mesmo de um tempo para mim e para o Alfredo. Meus pais não apoiam muito essa escolha; por eles, eu ficaria grudado nos dois o tempo inteiro, mas ambos entendem as minhas motivações. Eles ainda não assimilaram as mudanças que a modernidade trouxe, e que estar longe não significa estar desconectado ou impossibilitado de resolver o que for preciso, a tecnologia me permite continuar gerenciando tudo.

Envio um último e-mail, autorizando algumas entregas, e é quando meu celular toca. Olho para a tela e vejo o nome da minha mãe. Meneio a cabeça antes de atender, já prevendo o rumo da conversa.

— Oi, mãe, tudo bem? — atendo, o mais calmo possível.

— Onde você está, Iago? Passei na sua sala e o Juliano disse que você tirou férias! Eu achei que ia sair por um final de semana, mas que estaria de volta na segunda-feira, filho.

Solto um suspiro, tentando manter a paciência. Eu já havia informado aos meus pais que precisava tirar férias, ou melhor, tirar um tempo longe das lojas, mas que continuaria fazendo tudo e delegando o que fosse possível. Mas dona Alma está acostumada a ter o controle de tudo que diz respeito à nossa vida, e algumas situações traumáticas apenas agravaram esse ponto da personalidade dela.

— Mãe, eu te disse que ia sair de férias — respondo pacientemente. — Vou fazer uma viagem longa, só eu e o Alfredo. Na verdade, não podemos chamar de férias, vou continuar trabalhando de onde estiver, então não se preocupe.

Ela suspira, como se eu fosse mesmo muito complicado.

— Querido, eu não entendo como vai cuidar de tudo estando tão longe!

— Não vou, vou deixar vocês se virarem — brinco.

— Iago, não estou vendo a menor graça nisso.

— Vou resolver o que for necessário pela internet — explico, ciente de que o senso de humor da minha mãe não é dos melhores. — Estou de olho em tudo, aprovei os pedidos e liberei as entregas, já pedi o que estava em falta aos fornecedores e, qualquer coisa urgente, podem me ligar. Além disso, o Juliano vai estar na sede, vou ligar pra ele agora mesmo e pedir que repasse tudo de que vocês precisarem para o meu e-mail.

Ela fica calada por um momento, quase posso ouvir as engrenagens girando.

— Consegue mesmo resolver tudo isso pelo computador?

— Claro, mãe, fica tranquila! Eu me preparei e programei tudo pra funcionar perfeitamente sem mim.

— Se está dizendo... Só não desapareça, por favor. O Nivaldo não dá mais conta dessa correria, você sabe — ela completa, diminuindo o tom de voz para que meu pai não escute.

Apesar de ser verdade, meu velho não gosta de dar o braço a torcer.

— Eu sei, mãe. Mas, se eu desaparecer, coloque uma foto minha sem camisa naqueles cartazes. Não estou me matando na academia pra esconder esse abdômen.

Admito que foi uma brincadeira de muito mau gosto e impensada, e depois de ouvir uma dúzia de xingamentos e mais outra de recomendações dela, do tipo tomar cuidado com estranhos e lugares perigosos, como se eu tivesse cinco anos e não vinte e oito, consigo encerrar a chamada e aproveito para ligar para o Juliano e deixar tudo definido. Ele atende no segundo toque, já são umas sete da noite, mas sua voz está animada, como sempre.

— Fala, Iago! Já saiu?

— Saí tem pouco tempo, aposto que já está com saudade.

— Eu? Estou com os pés em cima da sua mesa, tomando uma cerveja — ele fala, provocando.

— Idiota. Estou na beira da estrada, mas, adivinha? Minha mãe ligou, surtando. Preciso pedir um favor.

— Você manda. O que foi?

— Fica de olho nas coisas enquanto eu estiver fora, vou estar disponível no e-mail e no celular. Se tiver algum problema que você não consiga resolver, me avise imediatamente.

— Claro, cara, relaxa! Vou cuidar de tudo por aqui, deixa que eu aprovo os próximos pedidos e as entregas, te ligo se precisar de algo urgente. Mas aproveita suas férias, você está precisando disso. Nós dois sabemos que você tem uma dificuldade imensa de se divertir.

— Não tenho, eu sou divertido, Juliano.

Ouço a risada dele do outro lado.

— Você? Essa viagem é a coisa mais espontânea que já fez na vida, e sabemos muito bem o motivo. Tenho certeza de que já pensou mil vezes em desistir e voltar pro escritório.

— Você é o cara! Leu meus pensamentos — admito, emburrado. — Tenho receio de que eles não consigam lidar com tudo.

— Eu já disse pra relaxar, vai dar tudo certo.

Quando desligo, sinto um peso sair dos meus ombros, e apesar das ressalvas da minha mãe e dos meus próprios receios, agora posso finalmente me concentrar na viagem. Coloco o notebook de volta na bolsa e faço um carinho na cabeça de Alfredo, antes de ligar a caminhonete. Estamos prontos para seguir em frente.

Dirijo por um bom tempo com as janelas abertas, aproveitando a brisa da noite e cantando com meu grande amigo. De vez em quando, Alfredo coloca a cabeça para fora da janela, e o pelo caramelo bagunça com o vento.

Passa pouco das dez quando o marcador de combustível chama minha atenção. Eu devia ter abastecido antes de sair, mas, por sorte, há um posto de gasolina mais à frente, e posso aproveitar para comprar algo para comer.

Entrando no posto, paro ao lado de uma das bombas e peço ao frentista para encher o tanque. Desanimo um pouco ao ver que há um ônibus em frente à loja de conveniência, os passageiros estão circulando pela loja, e isso vai me atrasar um pouco. Mesmo assim, peço que Alfredo se comporte e saio do carro para esticar as pernas e comprar algo. Meu cachorro me dirige um daqueles olhares esperançosos, como se soubesse o que vou fazer.

— Pode deixar. Vou trazer um petisco pra você também, folgado.

Caminho até a porta da loja e, ao entrar, sou recebido pelo frio do ar-condicionado.

Meus olhos percorrem as vitrines da lanchonete, procurando por um salgado. Como era de esperar, os passageiros do ônibus chegaram antes e comeram quase tudo, só sobrou um pastel, e ele parece ainda mais apetitoso por ser o último.

Pelo visto, não sou o único esfomeado aqui. Uma moça de cabelo castanho preso em um rabo no alto da cabeça, em quem eu não havia reparado antes, se aproxima da vitrine, olhando fixamente para o pastel. Ela parece decidida a comprá-lo, mas o atendente está de costas e não a vê de imediato, e ela espera educadamente.

Eu, no entanto, não estou com muita paciência para esperar, e minha fome já cuidou de acabar com qualquer resquício de educação que houvesse me restado.

A garota troca o peso do corpo de uma perna para a outra, ainda aguardando e, ao se virar, me vê. Nossos olhares se cruzam e, de repente, sei que queremos a mesma coisa.

Sorrio. Ela vai me odiar.

— Por favor, senhor — falo alto, atraindo a atenção do atendente, que se volta para mim. — Me vê o pastel.

Ela abre a boca, e seus olhos faíscam com raiva, mas a regra é simples: quem pediu primeiro tem o direito.

— Eu cheguei primeiro!

— Então por que não fez o seu pedido?

O rapaz, que agora está de frente para nós, olha da garota para mim, sem entender a confusão.

— Eu vou só pegar o pastel para ele e já te atendo — fala, sorrindo para a menina.

— Mas eu queria o pastel! — ela retruca. — Não é justo, eu cheguei antes.

Ele pega o salgado com um guardanapo, mas não me entrega. Parece surpreso com a resposta dela.

— Mas você não pediu o pastel, moça.

— Porque você estava ocupado, eu fiquei esperando que me atendesse. Educadamente!

— Eu...

— Bom, eu quero mesmo esse pastel — concluo, pegando o salgado das mãos hesitantes do rapaz. — Tenho certeza de que podem fritar outro pra você.

— Não! Eu não posso esperar. — Ela avança determinada na minha direção.

Tudo bem que eu poderia ter sido cavalheiro e deixado a menina ficar com o salgado, mas agora ela está parecendo bem maluca, quase me batendo para roubar o pastel.

— Então pode comer outra coisa. — Estreito os olhos, deixando claro que não vou ceder.

Ela cruza os braços e me encara, furiosa.

— Você não é nada gentil! Eu sou uma mulher viajando sozinha e com fome, e você, um brutamonte desses, está roubando a minha comida. Não tem vergonha?

— Bom, falando desse jeito...

A garota se faz de santa, mas não passa de uma endemoniada, porque, quando me distraio o suficiente com seu comentário, ela pula em mim, agarrando o pastel com ambas as mãos.

— Mas que...

De repente, os olhos dela se arregalam e sua cabeça se move em direção à porta. Ouço o ronco do ônibus, mas é apenas com seu grito que percebo o que está acontecendo.

— Náoooo!

Esquecendo o pastel, que agora já nem quero comer tanto assim, a menina agarra uma mochila no chão e começa a correr para a porta, gritando para que o motorista do ônibus a espere. Porém, quando ela chega ao pátio do lado de fora, o ônibus já vai longe, alcançando a rodovia.

4

Camila

Depois que mamãe se foi, as coisas que já não eram fáceis entraram em um declínio absoluto, por isso mesmo decidi segui o conselho dela e viajar, conhecer o Brasil. Considerando minhas finanças, a proposta de Beatriz em Porto Alegre e o sentimento de vazio que tomou conta de mim, essa não foi a mais horrível das minhas ideias.

Então, cá estou, na primeira parada de ônibus, trazendo comigo apenas a mochila sobre os ombros, com alguns pertences pessoais e o pouco dinheiro que me restou após pagar pela passagem.

Como a maioria dos passageiros, decidi descer e ir ao banheiro, mas não esperava que uma discussão por conta de um pastel me fizesse ser esquecida pelo motorista. Inclusive, esse motorista não deveria fazer uma contagem ou coisa do tipo? Como ele pôde não perceber que estava faltando alguém? Eu deveria denunciá-lo por isso! Afinal de contas, ele me esqueceu, e eu nem estava escondida. Pode parecer bobagem, e, por saber disso, não gostaria de estar chorando, mas talvez o acúmulo de tudo tenha finalmente rompido todas as barreiras.

No momento, lágrimas escorrem pelo meu rosto enquanto me dou conta de que, com o pouco que tenho, ainda que compre outra passagem de ida para o Rio Grande do Sul, não vou durar muito por lá, já que não terei como pagar pelo que comer por mais de umas duas semanas. Envergonhada, percebo que estou soluçando, mas, por sorte, apenas o céu estrelado é testemunha dessa cena lamentável.

Ou ao menos era o que eu pensava.

— Não precisa chorar — a voz irritante do ladrão de salgados me alcança —, eu deixo você ficar com o pastel.

A cara de pau do homem é surpreendente! Furiosa, me viro para o encarar, sem me importar que me veja com os olhos já inchados e o nariz vermelho, afinal, o culpado de tudo isso é ele.

— Você me deixa ficar com o pastel? Tem noção de que me fez perder o ônibus? Você é um babaca esfomeado! E agora? — pergunto, me aproximando dele ameaçadoramente. — Eu como esse pastel enquanto choro aqui, plantada no meio do nada?

— Também não é assim, moça. — Ele ergue as mãos, se defendendo. — Eu não tinha como saber que você ia perder seu ônibus, não fiz de propósito.

Devo ter mesmo perdido o pouco de sanidade que me restava, porque mal me dou conta de que agora o estou cutucando no peito, com o dedo em riste, e gritando no meio do pátio.

— É assim que funciona, não é? Nunca é de propósito! — Sorrio, sarcástica, e com as lágrimas ainda nublando minha visão. — As pessoas te fazem sofrer, te manipulam, outras te deixam pra trás e vão embora, e você que cuide de juntar seus cacos e se reerguer.

Pela expressão apavorada do homem, devo estar parecendo uma maluca, mas as palavras saem sem controle algum.

— Elas prometem que vão estar ao seu lado pra sempre, mas tudo que fazem é roubar seu pastel!

Noto quando o ladrão pisca os olhos castanhos, consternado com meu acesso de raiva. Imaginei que ele fosse gritar de volta, e talvez eu até quisesse isso, mas ele fica estático, me encarando. E não posso julgar, afinal, nem eu sei do que estou falando, mas parece que estou colocando para fora todas as frustrações da minha vida, que nada têm a ver com este idiota.

— Bom... — ele começa, baixinho, como se tentasse conter um animal raivoso, e dá dois passos para trás — ... Você perdeu seu ônibus, e tem razão, acho que tenho alguma culpa nisso.

— Alguma?!

— Mas posso ajudar, tá bom? — ele fala, ainda em tom apaziguador. — Para onde você estava indo? Posso te dar uma carona até a próxima cidade, e de lá você compra outra passagem. O que acha? — sugere, estreitando os olhos.

— Ir com você? Prefiro ficar aqui pra sempre!

— Tem certeza? Vai mesmo ficar um bom tempo aqui até resolver as coisas, não tem como comprar passagem aqui, e se formos rápidos, talvez eu ainda alcance seu ônibus...

Cruzo os braços e me calo, oferecendo a ele meu melhor olhar sanguinário e mortal.

O babaca dá de ombros e estica o braço, me oferecendo mais uma vez o pastel. Com a raiva que estou, não me faço de rogada e o arranco das mãos dele, afinal de contas, se é tudo que me resta, não vou desperdiçar. Vou chorar, sim, mas de barriga cheia.

— Você é quem sabe, talvez possa pedir um táxi — ele sugere, e com um último aceno, me dá as costas.

É estranho como as coisas podem mudar em uma fração de segundo. Eu estava pronta para me sentar no chão e chorar sobre o leite derramado, mas, quando o ladrão se vira, eu a vejo e instintivamente meu coração dispara.

O desenho não é nada sutil, mas é a primeira vez que o vejo de costas, e talvez por isso só esteja me dando conta agora. Ele está usando uma jaqueta preta com uma borboleta enorme pintada na parte de trás, como se fosse uma pichação esquisita, mas não há dúvidas de que é uma borboleta.

Tentando acalmar as batidas do meu coração, sinto uma pontada no peito, e meus olhos voltam a se encher de lágrimas quando me lembro do que minha mãe me disse antes de partir. Ela prometeu que estaria comigo e foi muito clara sobre as borboletas. Talvez este seja o meu sinal, bem ali, vindo de onde e de quem eu menos esperava.

Olho ao redor, confirmando o que ele disse. Estou mesmo no meio do nada, com pouco dinheiro e, em breve, sozinha.

Ergo o rosto para o céu em uma prece.

— Espero que a senhora tenha certeza disso, mãe. Porque ele é um ladrão! Se acontecer alguma coisa, já sabe quem me colocou nessa enrascada. — E, voltando a olhar para a frente, noto que o babaca está quase chegando em sua caminhonete. — Espera! — grito, reunindo o que me resta de coragem.

Seu rosto se vira por cima do ombro, quase em câmera lenta, e ele sorri, como se esperasse por isso. É mesmo muito arrogante.

— Mudou de ideia? — pergunta, me fazendo bufar.

Mas respiro fundo e me controlo.

— Para onde disse que ia mesmo?

Ele arqueia as sobrancelhas, porque ambos sabemos que ele não disse nada a respeito do seu destino.

— Estou de férias, ou quase isso, viajando com meu cachorro, meio sem rumo. Mas, como eu disse, posso te deixar na próxima cidade.

Aquiesço, analisando sua resposta.

— Você não é um desses caras esquisitos que pega mulheres na beira de estrada e faz... coisas ruins a elas, né?

O debochado ri e meneia a cabeça.

— Não sou, mas acho que, se eu fosse, não diria.

— E, só pra garantir, não é tipo... nenhum canibal, certo?

Ele franze o cenho.

— Acho que isso se enquadra em fazer coisas ruins às pessoas — responde, com uma careta de nojo. — Eu só luto para comer pastéis às vezes, mas me parece que você está com receio de aceitar minha carona. Pode esperar seu táxi, eu não estou insistindo.

— Você bem que gostaria disso — retruco, segurando minha mochila e a ajeitando no ombro —, mas como você me colocou nessa situação, nada mais justo do que me levar até...

— A próxima cidade — ele completa.

— Ou até onde eu quiser — decido, passando por ele em direção à caminhonete.

Quando me aproximo da porta, avisto o cachorro ao qual ele se referiu. É um Golden muito bonito, todo peludo, e que agora me encara com a língua para fora, totalmente em paz no banco do carona.

— Esse é o Alfredo. Alfie, você vai no banco de trás como era pra ser desde o começo e vai ceder o seu lugar, tudo bem? — pergunta, quase como se esperasse uma resposta do cachorro.

Alfredo parece entender o que o dono diz, porque rapidamente sai do banco e se posiciona ao lado dele.

— Olha só! O Alfredo é mais cavalheiro que o dono.

Vejo o ladrãozinho revirar os olhos, mas, ainda assim, ele puxa Alfredo gentilmente para a parte de trás do veículo e abre a porta para que ele entre.

— Alfredo, essa é nossa nova companheira de viagem. — Ouço sua voz em um tom mais alto. — Ela se chama... — Quando ele deixa a frase no ar, percebo que sequer nos apresentamos.

— Camila. E você?

— Iago.

— É um desprazer ter te conhecido, Iago — completo, com um sorriso.

Ele solta um riso baixo antes de ajudar Alfredo a subir, e eu aproveito a deixa para assumir o banco do passageiro. Dou uma olhada rápida no assento, mas Alfredo parece ser bem bonzinho, porque não há sujeira aparente.

A caminhonete é cabine dupla, dessas que parecem ser bem caras, e, olhando ao redor, vejo um notebook fechado sobre o painel. Também há uma arvorezinha dessas que exalam um aroma gostoso pendurada no espelho retrovisor, e uma sacola de papel no assoalho.

Iago entra logo depois. Ele coloca o cinto, e me lembro de fazer o mesmo. Em seguida o ronco do motor é ouvido, e finalmente ele se volta para mim.

— E então, companheira de viagem, o que gosta de ouvir?

— Hum, pop e MPB, eu acho.

Ele aquiesce.

— Que pena, nesta caminhonete só se ouve heavy metal.

Antes que eu possa dizer que está tudo bem, ele liga o som, e um barulho horrendo toma conta de tudo. Isso não é bem uma música, parecem várias pessoas gritando e quebrando coisas. Apesar da minha opinião em relação à música, não posso dizer que não é bem-vinda, já que assim não preciso conversar com o motorista.

Iago batuca com os dedos no volante, enquanto canta aos berros, como se eu nem estivesse aqui. Tudo bem, por sorte eu trouxe um tampão de ouvido para dormir no ônibus, e é exatamente o que vou fazer agora.

5

Iago

A princípio, penso que Camila fechou os olhos apenas para me evitar e fugir da minha música, e os tampões de ouvido ajudaram a corroborar a impressão. No entanto, depois de uns vinte minutos, percebo que ela ressona baixinho, o peito subindo e descendo em uma respiração profunda. O cabelo está espalhado sobre seu rosto, ocultando as sardinhas que ela tem na ponta do nariz.

Desligo o som para que ela possa descansar com mais tranquilidade; apesar das provocações, não quero ser um idiota completo. Idiota, talvez, mas completo, não. Já são mais de onze horas, e sei que em algum momento vamos precisar parar. Espero poder seguir em frente até a próxima cidade, sem que o sono me vença.

Alfredo e eu podemos dormir em qualquer lugar, posso simplesmente estacionar a caminhonete no acostamento ou em um lugar mais reservado e dormir um pouco. Na carroceria, a barraca e os meus suplementos são tudo de que preciso para descansar e me preparar para seguir viagem.

Mas, com Camila a bordo, as coisas são diferentes. Duvido muito que ela vá curtir a ideia de dormir em uma barraca no meio do nada, ou de parar no acostamento para tirar um cochilo. Não sei nada a seu respeito, mas posso deduzir, pela forma como desabou a chorar por causa de um pastel, que seja uma garota um tanto mimada.

Minha parte eu fiz, oferecendo carona até a próxima parada, para que ela possa pegar outro ônibus e seguir caminho. Agora, preciso chegar até lá o quanto antes e me livrar da garota para continuar com as minhas férias da maneira como planejei.

Depois de mais algum tempo dirigindo, consigo avistar as luzes da cidadezinha ao longe. Respiro fundo, aliviado por estar chegando, e já sonho com o momento em que vou poder descansar um pouco.

Estou olhando para Camila quando seus olhos se abrem, ela se remexe no banco e me fita, como se estivesse se questionando onde está e quem eu sou. É muito rápido, mas, por alguns instantes, fico preso no olhar brilhante dela. Aos poucos, a compreensão parece chegar até ela, que retira os tampões dos ouvidos e ajeita o cabelo com a ponta dos dedos.

— Dormi muito? — pergunta, o tom rouco de quem acaba de despertar.

— Acho que uma meia hora.

— Nem sei como consegui dormir com essa... — Ela semicerra os olhos, fitando o aparelho de som. — Você desligou a música?

— Você estava dormindo — respondo, dando de ombros.

— Obrigada. Acho que nem me dei conta do quanto estava cansada. — Camila se inclina e abre um pouco o vidro da caminhonete, colocando o rosto para fora. — Onde estamos?

— Chegando em Maria da Fé. Lá com certeza vai ter um guichê para comprar sua passagem e continuar viagem.

Ela aquiesce, sem questionar.

— E então? O que você faz da vida além de chorar por pastéis e ser deixada para trás?

Camila faz uma careta, pensando nas próprias palavras, e, pelo gesto, talvez eu tenha tocado em um ponto sensível.

— Eu sou fotógrafa.

A resposta me surpreende, e creio que isso fique nítido pela forma como a encaro, surpreso.

— Que foi? Não tenho cara de fotógrafa?

— Não sei se existe um estereótipo para isso, só não imaginei.

Ela ri, dessa vez com mais leveza, e percebo como sua risada é bonita quando não está carregada de sarcasmo.

— E o que pensou que eu fosse?

— Estudante de moda, talvez? Ou quem sabe... Você tem jeito para ser modelo.

Dessa vez a risada dela é mais alta.

— De onde sua imaginação fértil tirou essas ideias? Estudante de moda? Eu uso qualquer coisa que me sirva e caiba no meu orçamento. E modelo? Francamente...

— Por que não?

Ela não responde, simplesmente balança a cabeça de um lado para o outro, sem acreditar no que está ouvindo.

— Eu faço fotos de festas, casamentos, books para aspirantes a modelo — emenda, com um sorriso cínico. — O que pagar melhor, eu fotografo.

— E você gosta desse trabalho? — indago, curioso.

Camila não responde de imediato, fica pensativa, mas, quando volta a falar, consigo entender sua hesitação.

— Eu sou completamente apaixonada por fotografar, e, se dependesse de mim, tiraria fotos de paisagens, dessas que vão parar na *National Geographic*, sabe? — Assinto, sem a interromper. — Também gosto de registrar os momentos de casais apaixonados e de fazer álbuns de bebês.

— Não é o que disse que faz?

Ela solta um muxoxo, seguido de uma careta engraçada.

— Eu disse que fotografo casais, mas a maioria não é muito apaixonada não — fala, me arrancando uma risada.

— Quer dizer que tira fotos nos casamentos de casais não apaixonados?

Camila ri, arregalando os olhos em uma expressão divertida.

— Precisa ver! As noivas, por vezes, parecem umas megeras, gritando para os noivos encolherem a barriga, falando que as fotos ficaram ruins porque eles não são fotogênicos. Teve até uma que disse que a foto estava com reflexo da careca do marido!

— Tá brincando! Mas se é assim, por que estão se casando?

— Bom, eu não gosto de julgar as pessoas por apenas uma horinha, né? — ela fala, rindo ao notar que é exatamente o que estamos fazendo. — Mas acho que são casais que já estão juntos há muito tempo, é esperado que se casem, e eles seguem a cartilha.

— Entendi. E os outros?

— Os apaixonados? Ah, esses têm um brilho no olhar que dá gosto de ver! Dá pra perceber que é mesmo o dia mais feliz da vida deles.

— E é desses que você gosta...

— Claro, mas não posso ser exigente, então aceito os que brigam, as mães malvadas que ficam xingando as crianças para pararem quietas e sorrirem nas fotos e todo o resto. E você?

— Adivinha.

— Não faço a menor ideia.

— Vamos, eu chutei. Errei feio, mas pelo menos me esforcei.

Camila apoia um dedo no queixo, me fitando demoradamente. Enquanto espero, faço uma curva à esquerda e finalmente saio da rodovia e entro em Maria da Fé.

— Um artista.

— Artista? — Meu tom deixa bem claro quanto acho a ideia absurda. — Que tipo de artista?

— Não sei, você deve pintar uns quadros, ou fazer aquelas artes em azulejos. Pode ser que faça tatuagens de hena...

Começo a rir ao entender por onde é que a mente dela foi.

— Quer dizer que como eu estou viajando sem rumo, só com meu cachorro, significa que larguei tudo pra vender arte na praia? Pulseiras de miçangas, talvez?

Camila estreita os olhos.

— Acho que suas mãos são muito grandes para miçangas, por isso sugeri tatuagem de hena.

— Está completamente enganada. Eu administro as lojas de material de construção da minha família, é um trabalho de que eu gosto, e geralmente minha rotina é bem tranquila e comum.

— Quem diria, eu jamais chutaria isso. Mas, então, o que está fazendo?

— Estou mais ou menos de férias. Estou fora do escritório, mas ainda preciso lidar com algumas coisas remotamente.

— E viva o home office. Ou, nesse caso, *car* office.

Estaciono a caminhonete em frente à rodoviária e franzo o cenho ao olhar para o lugar. Apesar de avistar algumas pessoas, a maioria dos guichês está em completa escuridão.

— Será que acabou a energia? — pergunto, mais para mim mesmo.

— Os postes estão acesos — Camila responde, me dirigindo um olhar crítico. — Você tem cada ideia. Bom, obrigada pela carona, vou procurar uma passagem e continuar o meu caminho.

— E eu vou achar um canto pra dormir um pouco. Boa viagem!

Camila me dá um tchauzinho meio sem jeito, sem saber ao certo como se despedir. Ela pega sua mochila, abre a porta da caminhonete e salta para a rua. Eu a observo se distanciar em direção aos guichês, mas não dou partida.

Já passa da meia-noite, então acho por bem esperar até que ela dê algum sinal. Talvez ela me lembre alguém e eu sinta essa necessidade de proteção, mas, para quem esperou até aqui, não custa aguardar mais uns cinco minutos. Depois disso, provavelmente nunca mais nos veremos.

6

Camila

Ainda que seja esse o nosso combinado, desço do carro com uma sensação estranha. Passa da meia-noite e, embora eu possa ver algumas pessoas andando pela rodoviária, não me parece um lugar tão seguro para passar a madrugada toda, e duvido muito que tenha algum ônibus saindo agora.

É óbvio que, sendo uma mulher adulta viajando sozinha, eu deveria estar preparada para situações como essa, um imprevisto; poderia alugar um quarto em alguma pousada por perto e passar a noite, mas outra vez sou obrigada a me lembrar do quanto meu dinheiro está contado.

Me aproximando do primeiro guichê, avisto um homem do lado de dentro. Ele está sentado atrás do computador, com a cabeça apoiada sobre a mesa, enquanto ronca sem sutileza.

— Com licença, moço — chamo, a princípio em voz baixa, não querendo assustar o homem.

No entanto, ele nem se mexe.

— Boa noite, eu preciso de uma passagem — tento outra vez.

Como não há resposta, ergo o rosto para o painel grande fixado na parede atrás do homem, onde é possível ver as linhas rodoviárias e os horários.

Desde o início, minha intenção era chegar até o Rio Grande do Sul e trabalhar, e depois de lá voltar fazendo o caminho inverso, parando onde desse na cabeça, trabalhando onde encontrasse algo e levando o tempo que meu coração pedisse nessa jornada. Sendo livre e aproveitando tudo.

Mas parece que o guichê não tem um ônibus que conduza direto a Porto Alegre. Vou precisar pegar um para São Paulo e, de lá, outro para o meu destino. Não posso bancar dois ônibus, muito menos um avião, porque vou ficar no vermelho até receber meu primeiro pagamento.

Troco o peso do corpo de um lado para o outro, pensando no que fazer, a mochila em minhas costas servindo como um lembrete de minha decisão impensada.

Eu não deveria ter entrado nessa de viajar pelo país. Pelo menos não com tão pouco dinheiro e sem quase nada certo.

— Está tudo bem?

A voz de Iago me causa um sobressalto, e levo a mão ao peito, como se o gesto fosse capaz de normalizar as batidas do meu coração. Ele está em pé atrás de mim, com as mãos nos bolsos da calça e me encarando com os olhos semicerrados.

— Que susto! Pensei que você já tivesse ido...

— Fiquei esperando pra ver se ia conseguir a passagem, mas não vi ninguém te atendendo.

Sua frase parece penetrar o subconsciente do funcionário do guichê, porque, nesse instante, ele levanta o rosto e nos fita com a cara amassada.

— Boa noite! — praticamente grita. — Posso ajudar?

Iago o encara, prendendo o riso, e quase sou influenciada por ele. Eu seria, se não estivesse com um problema gigante nas mãos.

— Bem, não tem um ônibus que saia daqui direto para Porto Alegre, certo?

— Infelizmente não, mas você pode pegar um em São Paulo.

Aquiesço e abro um sorriso amarelo.

— Só um minuto, eu já volto — falo, erguendo a mão para elucidar minha frase.

Me afasto em direção a algumas cadeiras, que estão dispostas para que os passageiros possam aguardar, e apoio a mochila em uma delas. Ouço os passos de Iago logo atrás de mim, mas não me viro de imediato.

Abro a carteira o mais discretamente possível e conto o dinheiro que tenho, pensando na possibilidade de comprar as passagens e resolver a alimentação depois.

— Não pode comprar duas passagens? — O ladrão de pastéis se faz ouvir.

Aperto os lábios, constrangida por ele ter percebido.

— Eu até posso — falo, finalmente me virando —, mas viajei com pouco dinheiro. E se eu comprar as duas, pode me fazer falta...

— Porto Alegre?

Assinto, sem saber bem como me explicar, porque não quero falar com ele sobre minha mãe.

— É, eu... estou em uma viagem de autodescoberta, por assim dizer. Recebi uma proposta de trabalho temporário lá, minha intenção é ir até o Rio Grande do Sul e depois fazer o caminho inverso, parando em várias cidades, fotografando, sabe?

Pela expressão no rosto de Iago, fica fácil compreender que ele me acha louca.

— Vai atrás de um trabalho que não pretende manter e depois vai ficar viajando sem rumo de um lado para o outro, sem dinheiro. Não é imprudente demais?

— Você é meio careta, né? Não vou nem dizer machista.

Ele estreita os olhos, dando de ombros.

— Não é machismo. Você pode fazer o que quiser, mas não dá pra dizer que não é perigoso, especialmente para mulheres — ele completa, com um menear de cabeça. — Mas, se pensar bem, meu plano é bem parecido, eu vou seguir parando por várias cidades e estados até chegar ao Sul, e depois volto pra Minas.

— Mesmo? — Me surpreendo ao perceber que há uma similaridade em nossas viagens. — Você, todo caretinha?

— Sim, estou tentando — ele diz, com o cenho franzido. — E se você for comigo?

Dessa vez, não consigo responder de imediato. A ideia é muito boa, mas ele ainda é praticamente um desconhecido, e não sei se devo me arriscar assim.

No entanto, teve a borboleta...

— Bom, se não acha que é uma boa ideia...

— Não é isso. Você saiu de férias pra descansar e curtir sua viagem sozinho, não quero atrapalhar.

Iago dá de ombros e estende a mão para alcançar minha mochila.

— Podemos combinar algumas regrinhas pra tornar tudo tranquilo pros dois. E, sinceramente, eu não conseguiria ir embora em paz se te deixasse aqui no meio do nada, sem dinheiro, e podendo se tornar um alvo fácil de... canibais — fala, brincando com o que perguntei a ele antes.

— Eu posso ajudar com a gasolina — sugiro, pensando que deve sair mais barato que as passagens.

Iago faz que não e, com um aceno, aponta na direção da caminhonete.

— Não precisa, mas tem que entender o tipo de enrascada em que está entrando.

Já dentro do carro, com a mochila devidamente colocada aos meus pés, me viro no banco para ouvir o que ele tem a dizer.

— Primeiro, eu realmente estou tentando uma nova aventura aqui, então pretendo dormir na caminhonete ou estacionar em algum camping, já que tem uma barraca aí na carroceria. Você pode ficar com ela, sem problemas.

Essa é fácil, não tenho mesmo dinheiro para pousadas.

— Como eu ia direto, não planejei dormir pelo caminho, a barraca está ótima — aceito, porque assim teremos alguma privacidade. — Vou com você até Porto Alegre, e lá nos separamos.

— Pode ser que em alguns dias eu precise de uma cama, mas resolvemos isso quando chegar a hora.

— Eu posso te substituir no volante quando estiver cansado, se quiser — sugiro, tentando oferecer alguma contribuição.

— Você sabe dirigir?

— Claro, ou acha que estou oferecendo sem saber? — pergunto, achando graça da pergunta, embora ele esteja bem perto da verdade.

Iago anui, concordando comigo.

— Vai ajudar muito. Tem dinheiro pra comida?

— Tenho, pra comida eu tenho o suficiente.

— Às vezes, preciso parar pro Alfredo esticar as pernas. É um problema?

— De jeito nenhum — afirmo, ansiosa para que isso dê certo.

— E uma última questão.

— O quê?

— Só ouvimos heavy metal aqui. Desculpe, mas Alfie e eu não curtimos outros estilos.

Reviro os olhos quando o comentário volta à tona, mas é claro que não é o mau gosto musical dele que vai me fazer desistir dessa carona.

— Tudo bem, vou compartilhar minha localização com uma amiga e contar pra todo mundo com quem estou viajando — digo, como prevenção, e ergo o celular em direção ao rosto dele —, sorria!

Iago faz careta quando o flash ilumina a cabine.

— Prontinho! Nem pense em me matar, ou essa foto vai parar em todos os jornais.

— Você é bem maluca — ele comenta, meneando a cabeça, mas parece achar que tive uma boa ideia, porque também tira uma foto minha e digita alguma coisa rapidamente.

— Eu por acaso pareço uma bandida?

— Nunca se sabe... — Esticando o braço, ele coloca o aparelho no porta-copos e gira a chave para dar partida. — Por ora, estamos resolvidos, vamos achar um lugar pra dormir, e amanhã seguimos em frente. Se prepare para uma grande aventura, vamos curtir esse tempo na estrada e viver — ele completa, animado.

Puxo o cinto, assentindo, e um sorriso triste me escapa ao pensar em minha mãe e em como ela queria isso.

— Sim, vamos viver...

Iago começa a dirigir e, a princípio, penso que ele o faz sem rumo, afinal de contas, já disse que iríamos parar em qualquer lugar, mas, não. Depois que ele faz uma curva à esquerda e segue para o final da rua, finalmente pegando uma estrada de terra, entendo que estamos indo para algum lugar específico. Mais uma vez, há certo receio quanto à decisão de ter aceitado viajar sozinha com ele.

— Para onde estamos indo?

Ele sorri de canto, sem desviar os olhos para mim, mas parece entender meu questionamento.

— Tem uma pousada muito legal no fim dessa estrada, vamos subir um pouco. Você vai ver.

— Pensei que não fôssemos para pousadas.

— E não vamos, eles têm um espaço para acampar, e o melhor eu ainda não disse...

— O quê?

— Vendem comida e tem um banheiro que podemos usar. Com chuveiro.

Arregalo os olhos com as informações. Eu estou mesmo precisando de um banho, e aquele pastel não chegou nem perto de matar a minha fome.

Me vejo sorrindo, contente com nosso destino. E, com isso, podemos concluir que eu seria mesmo um alvo fácil para assassinos em série. Quando criança, minha mãe dizia para não aceitar doces de estranhos, mas ela nunca me alertou quanto a ofertas de chuveiro ou de uma boa refeição.

Aproveito o curto trajeto e realmente envio a foto de Iago para Luana. Talvez com isso eu consiga tirar da cabeça qualquer dúvida a respeito dele e curtir a viagem. Ela não demora a responder, e meu celular vibra com a figurinha que ela me envia. As letras maiúsculas chegam em seguida.

VOCÊ FICOU DOIDA, MILA?

Começo a digitar, mas ela não me dá a chance de terminar qualquer explicação.

Pelo menos seu motorista é gatíssimo! Se ele não for um maluco, pode ser uma boa oportunidade de tirar as teias de aranha do seu corpinho.

Sinto meu rosto esquentar lendo a mensagem, sentada ao lado de Iago. Sei que ele não está vendo, mas ainda consigo ficar envergonhada.

Cala a boca. Só acompanha minha localização pra eu ficar tranquila.

Pode deixar! E eu quero muitas fotos e vídeos dessa *trip*, hein? Não deixe de me atualizar.

— Estamos chegando. — A voz de Iago tira minha concentração do celular.

Desvio os olhos para ele, que aponta para o topo da colina. Consigo ver várias luzinhas acesas, como varais, e, assim que entramos no terreno, noto a construção de pedra, grande e imponente, onde deve ficar a pousada.

No gramado, algumas barracas estão espalhadas e, mais ao fundo, há também dois trailers.

— Uau, isso aqui é lindo...

— Precisa ver de manhã — ele diz, como se escondesse um segredo.

Iago estaciona sob uma árvore e desliga a caminhonete.

— Vamos descer, o Alfie já deve estar louco pra sair.

Concordo com um aceno, pego a mochila e o acompanho para fora. Como já é bem tarde, as pessoas nos trailers e nas barracas estão dormindo, mas há luz vindo da pousada, que deve ter recepção vinte e quatro horas.

Dando a volta, Iago abre a porta de trás para que Alfredo possa descer, e ajusta a coleira em seu pescoço. Aqui é um bom lugar para o deixar correr solto, mas considerando que não queremos estardalhaço nem sermos inconvenientes de madrugada, acho que sua decisão é a melhor para manter Alfredo sob controle.

Seguimos os três, em silêncio, até a recepção. Os únicos sons ao redor são o das chamas crepitando no fogo de chão e o dos insetos silvando no meio do mato. Erguendo o rosto, posso ver um céu estrelado como não vejo há muitos anos, um verdadeiro quadro.

Iago entra na frente e cumprimenta o homem mais velho que está atrás do balcão.

— Boa noite, desculpe por aparecer a essa hora, mas não conseguimos chegar mais cedo.

O recepcionista faz um gesto de desdém com a mão e ajusta os óculos de aro na ponta do nariz.

— Boa noite, não tem problema, a recepção fica aberta a noite toda — ele responde, sorridente.

É um homem calvo que deve ter cerca de cinquenta anos, e, apesar do horário, ele parece disposto e contente com a nossa chegada.

— Queremos acampar, me disseram que se consumirmos do bar e do restaurante aqui, vocês liberam o espaço. É isso mesmo?

— Isso — o outro concorda —, temos café da manhã, almoço e jantar, bebidas e alguns aperitivos também. Acesso livre ao sanitário, mas o banho custa dois reais. Vocês sabem, só pra manter o lugar limpo — ele explica, quase como se pedisse desculpas.

Imagine só! Além de emprestar o local para os campistas, ter que ceder água e energia elétrica gratuitamente. Ele deveria era aumentar esse valor o quanto antes.

— Suponho que pelo horário não tenha mais o jantar, mas ainda conseguimos um aperitivo? — pergunto, pensando em minha barriga, que já está roncando.

Movendo o rosto para me fitar, ele sorri.

— Claro! Temos sanduíches e alguns salgados fritos, além das bebidas.

— Ótimo!

— O que vão querer?

— Dois banhos, por favor — Iago fala, e me lança um olhar de esguelha. Ele está sorrindo, debochado. — E, pra comer, acho que eu quero um pastel. Não sei por quê, mas hoje estou com muita vontade de comer um pastel de queijo.

— Por que será, não é mesmo? — Reviro os olhos ao perceber que ele não vai deixar essa história pra lá. Não que eu esteja deixando. — Eu quero um quibe, se tiver.

Como o atendente anota nosso pedido, deduzo que ele tenha os salgados.

— E dois refrigerantes? — Iago questiona, esperando que eu confirme.

— Isso, pode ser.

— Tudo bem, aqui estão as fichas de banho, a porta do banheiro tem tranca por dentro, mas precisam deixar aberto para caso outros precisem usar, então tranquem apenas a cabine do chuveiro quando estiverem usando — explica, esticando duas fichas plastificadas para Iago. — Meu nome é Carlos, podem me procurar caso precisem de alguma outra coisa. Enquanto montam a barraca, vou buscar o lanche de vocês.

Agradecemos ao homem e saímos da pousada. A noite não está muito fria, o que é uma sorte, porque eu não tenho um cobertor.

Me ofereço para ajudar Iago com a barraca, mas, como nunca fiz isso, ele me pede para colocar água e ração nos potes de Alfredo enquanto prepara tudo para que eu possa dormir. Quando termino, ele sugere que eu tome banho primeiro e, pegando minhas coisas, sigo na direção indicada pelas placas.

Encontro o banheiro vazio e caminho até a última cabine para ter mais privacidade caso outra pessoa entre. Tranco a porta e penduro a mochila no gancho antes de começar a me despir.

O espaço é pequeno, mas muito bem-organizado. Há uma prateleira que comporta xampu e condicionador, além de um pote de sabonete líquido. Não tenho secador, então prendo o cabelo em um coque para não molhar e ligo o chuveiro.

A água quente cai sobre meu corpo, levando parte do cansaço do dia embora. Fecho os olhos, apreciando o momento e pensando em tudo que aconteceu desde hoje de manhã. Uma viagem mal planejada, um pastel, um motorista de ônibus desatento e uma companhia que não estava nos planos.

Tudo por causa de uma borboleta estampada em uma jaqueta.

Começo a rir sozinha ao pensar nisso.

— É, mãe... Agora já me meti nessa enrascada. Espero que a senhora saiba o que está fazendo, esteja onde estiver.

7

Camila

Acabo de acordar quando escuto os passos dele do lado de fora.

— Está acordada, Camila? — A voz é baixa, como se ele estivesse apenas verificando, sem a intenção de me incomodar.

— Oi — respondo, ajeitando o cabelo com a ponta dos dedos. — Pode abrir...

O rosto de Iago surge na fresta que ele abre no zíper da barraca.

— Bom dia, temos que ir logo se quisermos tomar café, servem até às dez, e já são mais de nove horas.

— Jura? Acho que estava muito cansada, pra ter dormido tanto.

— É, eu também costumo acordar mais cedo. Você vem? — ele pergunta, arqueando as sobrancelhas.

— Vou me trocar e já saio, não vou demorar.

Depois de abrir a mochila e pegar uma calça jeans e uma regata preta para vestir, coloco um cardigan listrado — porque faz frio nesta cidade —, pego meus produtos de higiene e saio da barraca. Deixo para calçar os tênis *animal print* já do lado de fora.

Peço que Iago me dê mais alguns minutos e sigo para o banheiro, onde lavo o rosto e escovo os dentes. Prendo o cabelo em um rabo no alto da cabeça e, depois de guardar minhas coisas, vou me encontrar com ele.

É difícil não perceber o quanto ele é bonito. Mesmo de jeans e camiseta branca, ele tem um charme natural no olhar e na forma como sorri.

— Podemos ir?

— Claro, desculpe te fazer esperar.

Sinto o olhar de Iago me analisando da mesma maneira que fiz com ele, mas não me apego a isso. É natural, estamos nos conhecendo, e a curiosidade é muito comum. Mesmo assim, seu escrutínio faz meu sorriso aumentar, me sinto bonita, considerando a forma como ele me olha. Talvez Luana tenha razão, não seria má ideia aproveitar a companhia dele e me divertir um pouco, afinal a intenção é justamente esta: curtir e viver tudo que não vivi.

— Bem que você disse, esse lugar é mesmo maravilhoso durante o dia — comento, enquanto meus olhos passeiam pela paisagem.

É claro que Iago não faz a menor ideia do que se passa pela minha cabeça, mas a pousada realmente é incrível. Fica no alto de uma colina, de onde é possível ver a pequena cidade lá embaixo e as montanhas ao redor. Há muita vegetação, e também plantações bem características da região.

— Depois do café, vou te levar pra ver uma coisa, leve a câmera — ele fala, enigmático.

Caminhamos lado a lado, em silêncio, ouvindo os sons dos nossos passos sobre o cascalho. Ao nosso redor, vários pássaros cantam e outras pessoas conversam animadamente. Quando entramos na pousada, o mesmo homem de ontem está na recepção, e nos cumprimenta educadamente ao passarmos.

Seguimos pelo corredor, lendo as placas e indo em direção ao salão de refeições. Saímos em um grande restaurante, com as mesas dispostas uma ao lado da outra. Alguns hóspedes estão aproveitando o espaço, mas o lugar está praticamente vazio a essa hora.

Avisto uma bancada cheia de quitutes deliciosos. Há bolos, pães, torradas, frutas de todos os tipos, bolachas, pães de queijo, frios, sucos, leite e iogurte.

Iago sorri, com os olhos brilhando, e não consigo evitar a risada.

— Você tem uma relação interessante com a comida.

— É uma das melhores coisas da vida — afirma, categórico. — Vamos.

Como sei que esses cafés geralmente têm preço fixo, acho melhor aproveitar bem, e encho um prato com todas as delícias que cabem nele. Iago está ainda mais empolgado, porque resolve encher dois pratos! Em um, todos os quitutes salgados e frios, no outro, bolos, bolachas e geleias. Ele encontra uma bomba com creme de avelã, e aplica uma porção bem generosa sobre as bolachas.

— Quero ver se você come mesmo tudo isso — falo, com o espanto evidente em minha voz.

— Nunca duvide de um homem faminto.

Nos sentamos em uma das mesas ao fundo, e a calmaria do local me alcança, trazendo uma sensação de paz e sossego.

— Só faltou uma coisa — Iago comenta, olhando com desalento ao redor. — Por acaso você viu café?

Meneio a cabeça, também estranhando. O restaurante tem tudo, não é possível que logo aqui, em Minas, fossem falhar justo no café.

Mas não temos tempo de prosseguir com essa constatação, porque logo avistamos uma mulher que se aproxima de nós, toda sorridente, com um bule nas mãos.

— Bom dia, aceitam café?

— Bom dia — Iago responde, enfático. — Nossa, eu mataria por uma xícara dessas... Eu aceito!

A mulher solta uma risada com o comentário dele, e aquiesce, servindo uma xícara generosa para ele antes de se voltar para mim.

— E você?

— Só metade do que serviu pra ele — peço.

Quando termina de encher minha xícara, ela se afasta, nos deixando sozinhos novamente.

— Sabe, acho que foi essa fome toda que te fez roubar meu pastel...

— Vamos voltar a falar disso? Logo agora que estamos nos dando bem?

Dou de ombros, decidindo relevar o ocorrido.

— Que lugar incrível. Você já tinha vindo aqui? — pergunto, mudando de assunto.

— Não, mas tenho um amigo que já veio, foi ele quem me indicou o lugar.

Tomamos café em um silêncio confortável, olhando ao redor. Ao ver toda aquela natureza ali, tenho certeza de que minha mãe adoraria tudo. Estou feliz por essa ter sido nossa primeira parada.

Quando terminamos, Iago se levanta e me pede para o seguir. Como ele havia avisado que me levaria em um lugar cinematográfico, passo na barraca e pego minha câmera. Uma Nikon D7500, que é meu xodó.

Seguimos para uma trilha que fica atrás da pousada, Iago caminha na frente, e eu o sigo de perto. As árvores altas fazem sombra acima de nossa cabeça, e as folhas caídas formam um tapete macio no chão, tornando o cenário ainda mais incrível. É impossível ignorar a paisagem, e começo a fotografar algumas árvores.

Iago se vira ao ouvir o flash.

— Mas já? Ainda não chegamos no lugar de que falei.

Dou de ombros, sem conter o sorriso.

— Mas esse aqui já vale a pena registrar.

— Espere só mais um pouco... — Iago volta a andar.

Menos de cinco minutos depois, chegamos a uma clareira, e a partir dela saímos da trilha. Olhando ao redor, vejo uma grande plantação, a perder de vista.

— O que são?

— Oliveiras — ele conta, animado. — A cidade é conhecida por elas, sabia? Produzem muito azeite aqui.

— Que legal! Eu nunca vi uma oliveira! — comemoro, já apontando a câmera para elas.

Fotografo algumas e me movo de um lado para o outro, registrando os melhores ângulos, não querendo perder nada.

O céu aqui é muito azul e todo o verde é muito verde, as imagens que consigo não precisam nem mesmo de edição, o que me deixa ainda mais apaixonada. Sorrindo, aponto a câmera para Iago e tiro uma foto, registrando seu sorriso de surpresa.

8

Iago

Voltamos para perto da caminhonete pouco depois. Camila ainda está empolgada, tirando várias fotos, mas preciso trabalhar um pouco, e Alfredo fica de vigia.

Depois de o soltar para que aproveite o espaço para se exercitar um pouco, me ajeito em uma cadeira de madeira no gramado, com o notebook no colo, e começo a resolver algumas pendências.

Camila brinca com Alfie, e os dois correm pelo gramado, bem felizes. Ele com a língua enorme para fora, e ela aproveitando para tirar fotos até do meu cachorro.

De vez em quando, Camila para e olha para o céu, meio reflexiva, e seus olhos percorrem o ambiente todo, assimilando cada detalhe. Ela é um enigma, às vezes parece completamente pirada e me dá medo, mas, em outros momentos, deixa transparecer um ar de tristeza.

— Pronto — atendo o telefone, que estava vibrando em meu bolso —, sempre sentindo saudades, não é, Juliano?

— Eu? Por mim, você ficaria viajando até ano que vem, mas sabe como são as coisas, sua máe vai ter um trem no coração se não voltar logo.

— Deixe de ser exagerado. O que foi?

— É o Célio — fala, referindo-se a um cliente antigo, dono de uma construtora. Suas compras conosco costumam ser o ponto alto do semestre. — Ele está começando um novo empreendimento.

— Só notícia boa, então.

— Claro, mas ele disse que você sempre tem uns preços melhores pra ele e que suas condições de pagamento são diferenciadas, pediu pra entrar em contato com você ou não vai fechar.

Meneio a cabeça, sem acreditar no exagero desse Célio.

— Eu costumo dar dez por cento de desconto pra ele no preço total, e parcelar em dez vezes. Mas, se ele pagar à vista, aí pode chegar a quinze por cento.

Juliano assovia do outro lado.

— Quinze? E seu pai não te demitiu ainda?

— Ele sabe que temos que manter um cliente como o Célio. Perdemos um pouco do nosso lucro, mas ganhamos na quantidade, ele compra muito e vale a pena dar o desconto.

— Você que manda. Se é assim, pode deixar que eu resolvo aqui.

— Certo. Então, até mais.

— Até mais nada! Agora que já falamos de trabalho, posso saber por que mandou uma foto de uma garota pro meu celular ontem à noite?

— Estou viajando com ela, que se chama Camila...

— Mas que porra de Camila é essa?

— Olha a boca! — brinco, rindo da reação exagerada. — Camila e eu tivemos um embate por causa de um pastel, e eu acabei oferecendo carona a ela. Mas como ela parecia achar que eu poderia ser um canibal ou algo assim, tirou uma foto minha e mandou pra família ou pros amigos, pra se prevenir. Resolvi fazer a mesma coisa só pra irritar ela.

— Então suas férias solitárias com o Alfredo se converteram em uma viagem de casal?

— Que casal, idiota? Eu não tenho nada com a menina, somos só companheiros de viagem, e ela é bem irritante, se quer saber.

— Sei, como se você fosse fácil. Onde estão?

— Em Maria da Fé, mas foi só uma parada rápida, vamos seguir em frente depois do almoço.

Ouço um barulho alto de algo se espatifando no chão, e logo depois uma sequência de xingamentos.

— O que foi que você quebrou no seu escritório?

— Nada...

— Como nada? Eu ouvi o barulho daqui.

Ele hesita por um momento e, quando volta a falar, sua voz está cheia de tensão.

— Eu não disse que não quebrei, disse que não foi no meu escritório, porque estou no seu.

— JULIANO!

A ligação é encerrada repentinamente, o desgraçado desligou na minha cara. Bufo, tentando imaginar o que ele pode ter quebrado, quando percebo uma sombra que se forma diante de mim. Erguendo o rosto, encontro Camila de pé, com as mãos apoiadas na cintura e um sorriso largo nos lábios.

— Está bravo?

— Hum... Mais ou menos.

— Nem vou perguntar o motivo. Olha, tirei muitas fotos, se quiser continuar a viagem, estou pronta — fala, abaixando-se um pouco para acariciar a cabeça de Alfredo, ao seu lado.

— Só preciso responder a dois e-mails e podemos ir.

Camila concorda com um gesto e caminha rumo à barraca, imagino que para guardar suas coisas. Termino minhas obrigações e abro o mapa para ver para onde iremos agora.

Daqui, são pouco mais de duas horas até Campos do Jordão, no interior de São Paulo, e Juliano tem uma casa lá que poderia me emprestar, por isso abro a previsão do tempo e verifico como está o clima na cidade.

Uma careta involuntária me escapa ao ler que deve fazer trinta graus amanhã e depois.

Campos é uma cidade para ser curtida em dias frios, com fogo de cháo, lareira, chocolate quente e roupas de inverno. Um calor como esse pede algo mais apropriado.

Poderíamos ir até Ubatuba, mas...

Quatro horas até Trindade, no Rio de Janeiro. É um desvio do caminho que pretendo seguir, em direçáo ao sul, mas essas sáo duas horas a mais que vale a pena dirigir. Trindade também está em clima de calor, o que, nesse caso, é uma ótima notícia. Podemos montar barraca na praia ou até mesmo ficar em algum hostel. Às vezes, me acho um maluco pensando assim, mas me policio para náo frear e estragar meu próprio processo e a diversáo da viagem.

Decidido, me levanto e guardo minhas coisas na mochila que está na caminhonete. Alfredo já fez suas necessidades, entáo limpo tudo e jogo fora em uma sacolinha. Aproveito para fazer uma limpeza rápida na cabine, tirando farelos de comida e jogando copos vazios fora.

O sol está quente, entáo busco meus óculos de sol e os coloco. Avisto Camila vindo com suas coisas. Ela trocou de roupa, substituiu a calça por short jeans e os tênis de oncinha, de que parece gostar, por um par de rasteirinhas. Sorrio com a imagem, porque ela parece já ter entrado no espírito praiano, mesmo sem saber para onde estamos indo.

— Pronta?

Ela confirma com um aceno positivo, aproximando-se.

— Vou desmontar a barraca entáo, e podemos ir.

Faço isso o mais rápido que consigo e dobro tudo, guardando no saco e colocando na carroceria em seguida. Puxo um Alfredo bem resistente para dentro e entáo fecho a porta de trás para que ele náo invente de pular.

— Quer que eu dirija? — Camila oferece.

— Eu vou dirigir pra fora daqui, porque isso é um labirinto, mas podemos trocar quando pararmos pra abastecer.

Com isso definido, peço que ela espere com Alfie e corro até a pousada, onde acerto nossos gastos com o café da manhá, o lanche de ontem e os banhos. Volto para o carro e deixamos o local cerca de dois minutos depois.

— Você pagou pelo café? — ela questiona, perspicaz. — Vou te fazer um pix, me fala quanto ficou...

— Não precisa, ficou bem barato. — Dispenso sua fala balançando a cabeça em um gesto negativo.

— Eu disse que tenho dinheiro pra comida. Além disso, não sou sua convidada, somos companheiros de viagem, ou carona e motorista, você não precisa pagar nada pra mim. Você já está arcando com o combustível.

Ela tem razão, é claro. Isso não é um encontro e não somos nada um do outro, mas ainda acho estranho aceitar dinheiro dela.

— Tá bom, se insiste, você paga o próximo café. Combinado?

— Melhor assim — ela aceita, recostando-se no banco. — Para onde você disse que estamos indo?

Sorrio, percebendo quanto ela já está tranquila e à vontade, considerando suas suspeitas anteriores.

— Não disse, mas vamos pra praia.

— Praia? — Camila se vira no banco, o sorriso se alargando em seu rosto. — Que praia?

— Vamos pra Trindade. Estamos a quatro horas de lá, mas olhei a previsão do tempo e os próximos dois dias vão ser de muito calor, então acho que vale a pena.

— Ah! É uma excelente ideia! Sabe que eu nunca fui pra praia?

— Nunca? — indago, surpreso.

— Nunca. Minas não tem mar, não é? — ela comenta, com uma risada. — Mamãe sempre quis me levar, mas nunca deu certo.

— E por que não?

Noto que seu semblante fica um pouco mais tenso e, antes mesmo que ela o faça, percebo que vai mudar de assunto.

— Não vem ao caso. O que interessa é que agora eu vou! Eu trouxe um biquíni, porque imaginei que em algum momento poderia precisar, mas não pensei que fosse ser tão rápido!

Vendo-a toda sorridente e satisfeita, nem parece a mesma garota chorona, brigando por um pastel na noite anterior. Apesar da maneira como começamos, tenho certeza de que podemos nos dar bem e fazer essa viagem se tornar inesquecível.

9

Iago

Talvez eu tenha falado muito cedo. Paramos para abastecer meia hora atrás, e então Camila assumiu o volante. Mas a estrada rumo a Trindade tem o asfalto irregular e as curvas são muito fechadas, e agora mesmo elas estão passando muito depressa pela minha janela. Seguro com força a alça acima da porta, mas é impossível não ser jogado de um lado para o outro com cada solavanco ocasionado pela motorista maluca ao meu lado. Mesmo com o meu rock tocando alto, o som das rodas batendo nos buracos do lado de fora é bem nítido e me faz ranger os dentes.

— Camila, pelo amor de Deus, dá pra ir mais devagar? Não estamos em uma corrida de Fórmula 1 — falo, tentando soar o mais calmo possível, ainda que seja difícil, já que estou todo tenso.

Mas a desmiolada nem mesmo me olha, ela apenas sorri com os olhos fixos na estrada à frente.

— Você também dirige bem rápido, Iago.

— Algumas vezes, mas sem loucuras. Eu não fico me esquivando do asfalto pra dirigir sobre os buracos da pista.

O cabelo dela balança com o vento que entra pela janela. São pouco mais de três da tarde, então logo estaremos chegando. Quer dizer, se Camila não nos matar antes disso.

— Não tem loucura nenhuma, eu dirijo muito bem, sempre me elogiaram por isso — ela retruca, sem nem piscar.

— Camila, eu nem sei dizer se você está dirigindo mal, porque está indo a cem quilômetros por hora em uma rodovia cheia de curvas e buracos!

— Sua caminhonete está intacta — fala, com desdém.

— Gostaria que estivesse, mas espero mesmo é chegar inteiro.

Ela me lança um olhar de esguelha e revira os olhos, mantendo o pé no acelerador. Eu mal a conheço, mas por um dia quase inteiro eu a considerei uma pessoa que poderia até ser descrita como sensata; no entanto, bastou segurar o volante para que um piloto de fuga dominasse seu corpo, e mais uma vez me vejo diante de uma cena que é muito familiar.

— A gente já tá quase chegando, relaxa aí.

— Relaxar? — Uma risada irônica me escapa, ela não faz a menor ideia do quanto estou nervoso. — Só pode estar de brincadeira! O coitado do meu cachorro deve estar vomitando até as tripas aqui atrás, e eu só vou relaxar quando essa caminhonete parar e meu corpo descer, não apenas a minha alma.

Ela arfa, visivelmente irritada.

— Credo, você é muito dramático! Estava sendo legal, mas não demorou muito pro bandidinho que você é voltar à tona.

Pisco, surpreso com o insulto.

— Bandidinho?

— É, ladrão de pastéis.

— Por favor, Camila. Isso não tem nada a ver com ser irritante e roubar um salgado, estou falando de uma pirada quase causando um acidente!

— Ei! Eu não vou capotar o carro!

A simples menção à palavra já me causa um embrulho no estômago.

— Se passarmos em uma dessas curvas rápido demais, a caminhonete faz o trabalho por você, e aí, já era pra nós três — falo mais alto, e, pra ser honesto, acho que estou quase aos berros, mas quem pode me culpar?

— Você quer dirigir, então? Porque esse seu drama está me irritando — ela solta, furiosa. — O único problema aqui é essa sua música horrível, que fica me desorientando e tirando meu foco!

— Ah! Agora vai falar mal da minha música?

— Eu tirei carteira e fui muito elogiada pelo meu instrutor, ouviu? — ela continua, ignorando meu comentário.

— Isso tem quantos anos?

— Três! E daí que nunca mais dirigi depois disso? Eu sempre andava com ele pela cidade, nas aulas.

— Você nunca dirigiu fora da autoescola?

— O que isso tem a ver? — indaga, semicerrando os olhos. Santo Deus...

— Então nunca pegou estrada?

Camila dá de ombros. Ainda temos pela frente uma série de curvas fechadas, e meu coração já está acelerado só de imaginar o trajeto.

Com a discussão, a tensão só piora, e estou me obrigando a manter a voz firme, sem causar uma briga de verdade, porque mal começamos a viagem e sei que, se eu disser algo errado, vou complicar tudo ainda mais.

— Eu não estou fazendo drama, Camila, só estou pensando na nossa segurança. Você é inexperiente, e...

Ela entreabre os lábios, como se eu tivesse proferido um grande insulto, e, para me irritar ainda mais, pisa fundo no acelerador. Sinto meu estômago se revirar e acabo perdendo a pouca paciência que me resta.

— Quer saber? Tem razão, eu quero dirigir, pode parar essa caminhonete agora mesmo.

Camila me fita com raiva, mas depois de mais alguns metros desvia o carro abruptamente para o acostamento e para — sem dar seta, é preciso ressaltar. A parada brusca faz a poeira subir ao nosso redor e, antes que eu possa dizer qualquer coisa, ela se livra do cinto, abre a porta e salta para fora.

— Sabe qual é o problema? Você é um controlador, Iago! Não consegue relaxar se outra pessoa estiver no comando. E quer saber de uma coisa? Eu não sei lidar com gente assim — solta, meneando a cabeça. — Pode me deixar aqui e continuar sozinho!

Eu a observo falar tudo de uma vez, as palavras emendadas uma na outra, a expressão de raiva, as bochechas vermelhas, e, enquanto ela se afasta, bufo e bato a cabeça no encosto do banco, pensando no que fazer. Já vivi algo muito semelhante, e sei como terminou. Pessoas assim, que se aventuram sem pensar nas consequências, sempre vão me embrulhar o estômago e me fazer pensar nela.

Que ideia foi essa de oferecer carona para uma garota que chora por pastéis? Tinha tudo pra dar errado.

Mesmo assim, não sou o tipo de homem que deixa uma mulher sozinha na estrada. Eu jamais me perdoaria por algo assim, e por isso me obrigo a sair do carro, bato a porta com força e caminho atrás dela.

— Camila, você precisa voltar pra caminhonete, vamos continuar.

Ela se vira repentinamente e cruza os braços.

— Não! Não vou ficar ouvindo você reclamar de tudo. Tivemos uma ótima manhã e, de repente, você virou um chato que só sabe encher o saco!

— Você está sendo teimosa.

— Teimosa? Você é que não consegue desapegar do...

— Controle, já ouvi na primeira vez, mas não é nada disso.

Ela faz careta, e então sai andando como se estivesse mesmo disposta a caminhar sem rumo por aí, os pés chutando as pedrinhas da estrada. Respiro fundo mais uma vez, tentando não me estressar ao ponto de deixar a garota aqui, como ela tanto quer.

Penso com calma em minhas próximas palavras, para ver se consigo apaziguar as coisas.

— Camila, eu não quis te ofender, tá legal? Não é que você seja uma motorista ruim, só não tem muita experiência — experiência nenhuma, eu diria —, e isso não é um defeito, entende? É só questão de prática. Se estivéssemos em um lugar mais tranquilo, eu não ficaria nervoso, mas a estrada é perigosa. Sei que, se estiver mais calma, vai entender que só estou pedindo para ser mais prudente.

— Eu sou imprudente? — Ela se vira para mim, com os olhos estreitados.

Passo as mãos pelo cabelo, tentando manter o foco.

— Não, eu até te achei uma garota sensata — minto, na maior cara de pau. — E sei que você sabe dirigir, só não me sinto seguro quando dirige muito rápido nessa estrada. Além disso, estamos em uma viagem, certo? Temos que aproveitar o caminho, as paisagens, não precisamos ter pressa.

Camila fica em silêncio por um momento, me fitando demoradamente, como se estivesse decidindo se eu mereço ou não que aceite minha explicação. Depois do que me parece uma eternidade, ela finalmente aquiesce.

— Me desculpa por te deixar com medo.

— Eu não estava com medo!

Ela sorri, e percebo que disse isso só para me provocar.

— Mas, sério, me desculpa se exagerei e nos coloquei em perigo. Eu não tenho mesmo experiência, e a verdade... — Ela desvia os olhos dos meus, focando os pés. — Vai rir se eu disser que sempre quis dirigir uma caminhonete?

— Você sempre quis...

— É, dirigir uma caminhonete, e estou em um momento da vida em que quero curtir, sabe? Aí eu me empolguei e estava me sentindo em *Velozes e Furiosos*.

Começo a rir, porque essa Camila aqui, envergonhada e com o rosto enrubescido, admitindo que se empolgou e exagerou no acelerador, nem parece a mesma maluca de antes.

— Eu queria, sim, te ajudar dirigindo, pra que não ficasse sobrecarregado, mas eu estava mesmo louca de vontade de me sentar atrás do volante — confessa, de um jeito que chega a ser fofo.

Eu a observo em silêncio, ainda com um sorriso sutil no rosto. Camila está se revelando um mistério. É estranho que, mesmo tendo chegado ainda ontem, ela consiga me instigar e me atrair; claro que é muito bonita, mas acho que não é apenas isso que me deixa interessado.

— Não vejo problemas nisso, pode continuar dirigindo — falo.

— Só precisa lembrar que não estamos em um filme de ação, tá bom?

Os olhos verdes dela se desviam para a estrada à frente, e então Camila nega com um gesto de cabeça.

— Eu volto pra caminhonete, mas você dirige — fala, mais tranquila. — E isso só porque eu não quero perder o pôr do sol em Trindade.

— Tem certeza?

— Tenho. Quando estivermos em uma estrada menos caótica, podemos trocar de novo, e eu prometo ir com calma. — Ela cruza os dedos em um X em frente à boca e os beija, jurando.

— Combinado. Então vamos, Toretto — brinco, bem mais calmo.

Ela me lança um olhar de reprovação, mas não consegue esconder a risada.

— Eu te acho insuportável, sabia?

Dou de ombros, sentindo certo alívio por estarmos brincando de novo e não mais brigando.

— A recíproca é verdadeira.

Caminhando lado a lado, voltamos para a caminhonete e, conforme o combinado, assumo o volante. O clima agora está mais leve e, como um gesto de boa-fé, chego até a desligar o som, e seguimos em um silêncio confortável.

Camila olha pela janela, apreciando a paisagem, sem aquela tensão de antes. Quando começo a dirigir pela estrada sinuosa, o motor faz seu característico barulho, mas suavemente. Com o tempo, a paisagem começa a mudar, as montanhas surgem, e o cenário deixa claro que estamos nos aproximando do nosso destino.

Olho de relance para minha passageira. O sol dourado do fim de tarde ilumina seu perfil, toca as sardinhas em seu nariz, deixando-a ainda mais bonita. Com certeza, se ela pudesse se ver agora, registraria a cena com um de seus cliques.

10

Camila

Avisto de longe a placa indicando Trindade, e a visão é o suficiente para me causar um misto de alívio e empolgação. O trajeto foi cansativo por conta daquela briga boba, mas chegar a este destino faz tudo valer a pena. Sempre quis conhecer este lugar. Na verdade, ele estava na lista da minha mãe e, agora que estamos tão perto, minha ansiedade só aumenta.

O céu já está pintado em tons de laranja e roxo, com o pôr do sol que se aproxima. Uma brisa suave entra pela janela da caminhonete, trazendo o cheiro do mar e da mata misturados. Como mamãe me disse, eu sou livre para fazer o que quiser da minha vida agora, e quero aproveitar cada segundo, porque sei que o amanhã chega cedo demais.

Talvez eu tenha exagerado no volante. Sinto que sou como um pássaro que ficou em uma gaiola por tempo demais e agora precisa voar e conhecer seus limites. Iago é o oposto da pessoa que venho me tornando desde que minha mãe se foi. Calmo e compenetrado, ele pensa muito antes de agir, e o fato de sermos tão diferentes pode causar alguns atritos, mas estou disposta a tentar fazer essa viagem dar certo.

— Parece que chegamos — ele fala, satisfeito.

Iago dirige com calma, seus olhos passeiam pelas ruas de terra batida e observam as casinhas simples que formam o vilarejo.

Sempre ouvi falar de Trindade, mas nunca consegui imaginar o lugar como realmente é. Pequeno, como uma cidadezinha perdida entre montanhas e perto do mar, o tipo de lugar onde o tempo desacelera, mas que, mesmo assim, parece cheio de vida.

Desvio o olhar das ruas e miro Iago, pensando em quais são seus planos agora. É engraçado que eu me deixe guiar assim por alguém que acabo de conhecer. Sei que estou mais solta, mas a verdade é que há algo nele que me inspira essa confiança.

— E aí? Onde está pensando em ficar? — pergunto, porque com Iago tudo parece meio inesperado.

Ele me fita de volta e me oferece um sorriso travesso, que, por algum motivo desconhecido, me traz a sensação de que há uma pedra de gelo em meu estômago. É um sorriso de lado, do tipo que geralmente me deixaria com um pé atrás, mas estou aqui para me divertir e experenciar, e por isso me sinto ainda mais impelida a descobrir quem ele é.

— Eu estava pensando em ficarmos em um camping de novo, o que acha?

— Camping? — repito, porque, por alguma razão, estava esperando algo mais inusitado. — Eu gostei da experiência, por mim, tudo bem.

— E viemos aqui atrás de uma aventura, não é? Nada é mais autêntico do que acampar perto da praia, vai ser divertido — ele fala, como se convencesse a si mesmo.

— Não sei, mas sinto que você nunca acampou assim — sondo, curiosa.

— Que absurdo — ele comenta, sorrindo —, eu sou quase um escoteiro.

— Verdade?

— Não, já vim aqui antes, mas fiquei confortavelmente instalado em uma pousada.

— Certo, e só pra que eu me prepare, assim... Por acaso esse camping é estilo o anterior, ou dessa vez vamos ficar em um lugar inóspito, sem banheiro e tendo que usar folhas de bananeira para nossas necessidades? — indago, tentando esconder minha insegurança com o tom de brincadeira.

Iago balança a cabeça, com o cenho franzido.

— Claro que tem banheiro. Estou vivendo uma aventura, mas ainda sou um homem da cidade — responde. — Pelo que olhei na internet, o camping fica em uma área bem-organizada, não é como você está pensando.

Dou uma risada curta, mas é isso, estou aqui para me jogar, conhecer mais lugares e viver. Além disso, Iago é bom nessa coisa de transformar qualquer momento em algo diferente, e foi justamente a sede por novidades que me fez embarcar nessa maluquice.

— Se tem banheiro, eu tô dentro!

Iago então acelera um pouco mais, com uma rota definida, e seguimos por uma estradinha de terra que nos conduz até o lugar. As árvores ficam mais altas à medida que nos afastamos do centrinho do vilarejo, e o silvar de insetos preenche o ar ao nosso redor, trazendo uma sensação de paz.

Ao chegarmos mais perto, já consigo ver algumas barracas montadas e um escritório na entrada do camping, feito todo de madeira; um lugar bem simples, mas com uma placa bonita na entrada e flores plantadas ao redor. Avisto algumas poucas pessoas, a maioria usando chinelo, biquíni e sunga, todos muito confortáveis em suas roupas de praia, rindo e conversando. Até mesmo isso traz uma *sensação* descontraída e tranquila.

Quando Iago estaciona, olha para mim de lado, sondando minha reação.

— O que achou?

— Parece muito legal — comento, soltando o cinto e já descendo do carro.

Ele dá de ombros.

— Legal? Você adorou, admite, eu sabia que você ia gostar. Deve estar pensando agora mesmo em como estaria triste se tivesse ficado lá atrás, na estrada, fazendo birra e sentindo minha falta.

Reviro os olhos, mas dou um sorriso.

— Você se acha muito, sabia?

— Não me acho, eu sou. — Ele pisca para mim e finalmente desce da caminhonete.

Que exibido!

— Eu não ficaria chorando, muito menos sentiria sua falta, porque logo encontraria algum lugar muito interessante pra ir, com companhias melhores.

É claro que não é verdade, a companhia dele tem se tornado mais interessante a cada segundo, mas não preciso dizer isso em voz alta.

Iago ignora a provocação e seguimos até o escritório do camping, onde uma mulher de meia-idade nos recebe com um sorriso educado. Ela nos explica o funcionamento do lugar e depois disso nos mostra o espaço para montar a barraca, os banheiros e até uma cozinha pequena em que os campistas podem cozinhar ou se reunir à noite.

Noto que as luzes de algumas lanternas já começam a acender, e o clima fica ainda mais acolhedor. Iago parece empolgado, e eu já estou totalmente imersa e encantada, me deixando levar pela atmosfera do ambiente.

Voltamos à caminhonete apenas para buscar Alfredo e as nossas coisas. Iago abre a porta de trás e Alfie já pula para o chão, mas não se afasta de nós. Começamos a tirar tudo, as mochilas e a barraca.

— Vou montar ela bem rápido. Depois podemos achar um mercadinho, e... Você bebe? — Iago para o movimento de erguer a barraca.

— Depende. Cerveja?

— Exatamente. Pensei em comprarmos algumas pra gente relaxar depois, também podemos comer algum petisco. Que tal?

— Parece ótimo, agora estou me sentindo em um verdadeiro acampamento, já que ontem só chegamos e fomos dormir.

Ele sorri.

— Então vamos contar como se hoje fosse nosso primeiro acampamento, vai ser uma experiência inesquecível.

Assinto, mordendo o lábio enquanto um pensamento me atinge em cheio. É uma viagem entre quase amigos, eu acho. Mas em alguns momentos, como neste, quase lamento que não seja... algo mais. Iago é um cara bonito e muito interessante, e eu poderia me beneficiar de um envolvimento casual com ele. Não é algo que antes fizesse o meu estilo, mas sinto que agora está no topo da lista de coisas que eu deveria fazer e experimentar.

Instantes depois, o sol se põe completamente, as últimas luzes do dia desaparecem atrás das montanhas e, observando o cenário idílico, me dou conta de que talvez este seja mesmo um dia de que vou me lembrar pelo resto da vida. Minha primeira vez em uma cidade praiana, dormindo em um camping, com um homem que até ontem eu sequer conhecia, mas que parece tornar tudo mais especial.

Depois que arrumamos tudo, Iago olha na internet para saber onde fica o mercado mais próximo e, com a direção esclarecida, seguimos para lá. Em vez de irmos de carro, decidimos caminhar para ver mais do lugar em que estamos hospedados, se é que se pode dizer isso.

Chegamos ao mercadinho cinco minutos depois. A vila está bem tranquila, mas há uma agitação no ar que me enche de energia, como se a noite, que acaba de cair, não fosse terminar tão cedo.

Iago pega um carrinho logo na entrada da lojinha, e eu o sigo de perto, lendo os itens que decidimos comprar na lista improvisada que fiz no celular. Para comer, compramos queijo de nozinho; para assarmos em espetinhos de madeira, salsichinhas e alguns pacotes de salgadinhos; além disso, Iago escolhe uma bandeja de morangos e pega um saco de gelo picado. Para finalizar, pegamos um fardo de cervejas e outro de latinhas de refrigerante, além de um ossinho sabor carne para que Alfie também fique feliz.

Sinto meu cabelo começar a grudar no pescoço, por conta do calor, e o puxo para cima, prendendo tudo em um coque malfeito. O engraçado é que ontem mesmo fazia frio em Maria da Fé, e, viajando apenas quatro horas, chegamos a um lugar onde o verão está em seu auge, deixando o ar meio abafado, e pedindo por bebidas bem geladas.

Terminamos as compras e nos dirigimos ao caixa. É a minha vez de pagar pelos itens, conforme combinamos, mas, a cada *bip* daquele leitor, meu coração chora pelo meu rico dinheirinho que se esvai. No entanto, não posso reclamar, já que estou economizando com a passagem, e Iago nem me cobrou a gasolina.

Quando a mulher do caixa finaliza tudo, Iago pega as sacolas e agradece; eu até tento ajudar com elas, mas ele faz questão de carregar tudo sozinho. Tudo bem, afinal de contas, esses braços fortes precisam servir para alguma coisa, já que não estão ao meu redor.

Retornamos ao camping, e eu o observo abrir a parte de trás da caminhonete para que possamos nos sentar. Como em um passe de mágica, Iago vai até a cabine e volta com um cooler, que estava escondido atrás do banco do motorista, e despeja o gelo todo nele, abrigando as nossas garrafas de cerveja, as latinhas e os frios no caixote térmico.

Ele me entrega uma garrafa e se senta na beirada da carroceria, me convidando para fazer o mesmo. E assim ficamos, lado a lado, os pés se balançando no ar enquanto abrimos nossas cervejas.

A noite avança, mostrando um céu claro e cheio de estrelas. Ainda não vi o mar, mas de onde estamos consigo ouvir o som das ondas quebrando ao longe, na praia.

É um barulho suave, distante, mas que é como uma trilha sonora para nossa conversa. Tomo mais um gole da minha cerveja gelada e penso em como minha vida deu uma virada abrupta nos últimos tempos. Eu nem era de beber, mas pretendo mudar isso. Olhando para Iago ao meu lado, percebo que está relaxado, o braço apoiado no assoalho da carroceria e a bebida na outra mão.

— O que está achando da viagem? — ele pergunta, com um sorriso leve, erguendo a cerveja até a boca.

Também sorvo mais um gole da minha e sinto o líquido descer refrescante, antes de responder.

— Estava pensando agora mesmo no quanto isso é surreal, parece que toda a minha história foi em outra vida, que está muito longe de nós.

Ele ri, o som grave e divertido.

— Sei bem como é. Minha vida é bem tranquila no geral, eu trabalho na loja, malho de segunda a sexta, tomo uma cerveja com os amigos aos fins de semana — fala, apontando com a cabeça para a garrafa. — Mas, às vezes, coisas acontecem e precisamos sair e conhecer lugares diferentes. Espairecer, sabe? Você já é meio maluca, vai ficar viciada na sensação. E, pensa só, não é todo dia que você tem um céu cheio de estrelas como telhado.

Sorrio ao ouvir sua fala, e direciono o olhar para o manto escuro no qual as estrelas realmente brilham muito mais do que na cidade. Faz tempo que não vejo um céu assim, e uma sensação estranha e deliciosa toma conta de mim, como se eu estivesse em um cantinho do mundo, fora do alcance dos problemas, protegida em uma bolha.

— Eu não sou maluca, mas você tem razão. Esse céu... — Faço uma pausa, olhando para Iago. — Dá uma sensação de liberdade estar em um lugar como esse, não é? Acho que não havia me dado conta do quanto precisava respirar, escapar.

Iago anui.

— De vez em quando, a gente precisa de uma pausa.

Dou mais um gole na cerveja, pensando em suas palavras. Eu, mais do que ninguém, precisava dessa mudança de ares, mas

Iago não faz ideia dos meus motivos. Não sei se estou pronta para dividir, as pessoas sempre sentem pena de mim e entram em uma onda de tristeza, de pêsames e lágrimas, e não é o que eu quero agora, por isso não falo nada, só balanço a cabeça em concordância.

Provavelmente encontraríamos outro assunto, mas minha atenção é desviada quando vejo três rapazes caminharem para perto de nós, conversando alto. Estão falando sobre um luau, e o tema me chama a atenção, já que nunca fui a um.

Observo a conversa disfarçadamente, mas acho que Iago percebe meu interesse.

— Vão pra um luau? — ele me pergunta, arqueando uma sobrancelha. — Foi isso que eu ouvi?

Faço que sim com a cabeça, analisando sua reação.

— Parece interessante, não acha? Além disso, deve ser na praia, e eu ainda não vi o mar... — concluo, deixando o convite no ar.

Iago sorri, assentindo, e, sem hesitar, se volta para os rapazes, que estão poucos metros à frente.

— Ei, vocês! — Um deles move o rosto em nossa direção. — Estão falando de um luau?

Os outros dois se viram ao mesmo tempo, dando-se conta de que a conversa é com eles. Um dos três, que tem o cabelo comprido e está usando uma camiseta desbotada do Nirvana, responde primeiro, sorrindo abertamente.

— É, está rolando um luau na praia, deve ter começado agora. Música, fogueira, uma galera tocando violão... Se estiverem a fim, é só colar.

Olho para Iago, esperando por sua resposta, e o vejo abrir aquele sorriso de lado.

— Acho que é um convite irrecusável — ele responde, levantando a garrafa em um brinde falso. — Como chegamos até lá?

— Só seguir em frente aqui na rua mesmo, quando chegarem na placa azul, entrem à esquerda e vão chegar na praia. De lá já vão ver o movimento...

— Certo, a gente aparece por lá daqui a pouco, valeu.

Os três se despedem e se afastam, e vejo Iago virar a garrafa e beber a cerveja de uma só vez, para se livrar dela.

— Vamos guardar tudo no cooler, depois a gente bebe mais, pode ser?

— Claro! — Já estou saltando da carroceria para o chão. — Vou me arrumar!

Corro para dentro da barraca e faço o melhor que posso. Sei que é uma festa informal, mas é minha primeira vez na praia e quero algumas fotos, então escolho um macaquinho soltinho, caso tenha coragem de entrar no mar à noite.

Passo uma base bem sutil no rosto e completo a make básica com um gloss clarinho. Depois disso, pego meu celular — e o guardo em uma bolsinha que coloco a tiracolo —, minha câmera e saio para me encontrar com Iago.

Ao me ver, ele abre um sorriso.

— Gostei, bem praiana. Espera aí então, que vou ficar à sua altura...

Ele segue para a barraca e volta pouco depois, trajando bermuda com uma camisa florida e calçando chinelos.

— O que achou? — questiona, dando uma voltinha no lugar.

— Está parecendo um lindo vendedor de arte na praia.

— Lindo, é? — O sorriso dele aumenta enquanto me dou conta do que acabo de dizer.

— Hum, não fique se achando... — falo, tentando pensar em uma resposta. — Eu disse *parece*, não quer dizer que seja.

Minha resposta arranca uma risada sincera dele.

Caminhamos por alguns minutos na rua do camping, até chegarmos em uma placa que indica a praia, e que, como o rapaz disse, é azul. Precisamos passar por um pedacinho de mata, mas já sinto meus pés afundando na areia, e o cheiro de mar está mais forte.

Quando nos livramos da vegetação e avisto a praia, meus olhos se abrem um pouco mais e meu sorriso cresce.

— Ah, meu Deus... É tão lindo!

— Bem-vinda ao mar, Mila!

Giro no lugar com os braços abertos, sentindo a alegria que é pisar nessa areia fofinha e ouvir as ondas se quebrando.

— Eu estou aqui, mãe! — grito bem alto, e, pela primeira vez, não me importo com a forma como Iago vai interpretar isso.

Voltando para perto dele, olho ao redor, ainda deslumbrada, e procuro por luzes que possam indicar o luau.

— Pra que lado será? Tem certeza de que é aqui?

— Ele disse que era pra entrar na placa azul, não foi? Pela descrição, deve ser por aqui, senhorita.

Iago fala isso em um tom todo pomposo e, antes que eu entenda o que está havendo, ele se abaixa e me pega no colo, me jogando sobre o ombro como se eu fosse um saco de batatas. Preciso fazer malabarismo para que minha câmera não caia no chão, e a seguro pelo cordão no último segundo. Sinto meu corpo se retesar por um instante com nossa proximidade, como se uma onda elétrica passasse dele para mim, e me deixo levar, não me lembro de ter me sentido tão livre assim algum dia.

— Iagooooo! O que está fazendo? — Sinto meu corpo sacolejar enquanto ele corre comigo sobre os ombros.

— Sendo seu transporte! Não é você que gosta de velocidade? — ele provoca, com o riso bem nítido em sua voz.

— Desse jeito, vamos capotar! — retruco, mas é impossível evitar a gargalhada quando ele começa a rodopiar comigo.

Iago continua me carregando, até que chegamos a um ponto em que é possível ouvir a música. Estou de ponta-cabeça, mas consigo enxergar muitas pessoas em volta de uma fogueira. Estão cantando e dançando.

Ele finalmente me coloca no chão, e sou obrigada a dar um tapa em seu ombro, repreendendo-o pela brincadeira, já que não posso admitir que adorei cada segundo. Penduro a câmera no pescoço novamente, e ele olha ao redor, se situando, para então apontar em frente, para onde estão algumas barracas montadas na areia.

— Bebidas! — exclamo, me empolgando. Eu o puxo pela mão, nos conduzindo até o caixa.

— Boa noite, tudo bem? — Iago cumprimenta com gentileza a atendente. — Eu quero uma cerveja, e ela... O que vai querer, Mila?

Faço um esforço para que ele não veja o sorriso bobo que me arranca quando me chama assim.

— Quero uma *piña colada*, no abacaxi.

Iago franze o cenho e, segurando uma risada, se volta para a mulher.

— Uma *piña colada*, mas só se for no abacaxi.

A moça não parece estranhar o pedido, ela recebe o pagamento e logo se vira para pegar e entregar a cerveja. Esperamos ao lado da barraca enquanto preparam meu drinque.

— Que lugar movimentado... — digo, notando que as pessoas não param de chegar pela trilha.

— É incrível, não acha?

— Sim, dizem que Minas só não tem mar para que os mineiros não fiquem convencidos demais, porque é a única coisa que falta pro estado ser eleito o paraíso na Terra — brinco, me virando para o encarar. Seus olhos brilham de diversão, mas há neles uma intensidade que eu ainda não havia reparado.

— Tem razão, isso nos obriga a viver em Minas, desfrutar da nossa culinária maravilhosa, e escapar para os outros estados do país, por causa de lugares como esse.

— Você já veio aqui muitas vezes?

Ele sorri e meneia a cabeça.

— É minha terceira vez em Trindade — explica. — Vim pela primeira vez com minha família, quando criança, e pela segunda uns três anos atrás.

Nesse momento, aparece um garçom trazendo minha bebida; ele a entrega e se afasta. Seguro o abacaxi com a maior cara de boba, estou me sentindo realizada, já que via drinques como esse apenas na televisão.

— Me empresta isso aqui — Iago retira a câmera do meu pescoço —, precisa ter fotos suas também.

Controlo a vontade de direcionar os melhores ângulos e a forma como ele fotografa, e apenas ergo meu abacaxi, abrindo um sorriso, que ele registra rapidamente.

— E a bebida? Vai ficar só olhando pra ela?

Experimento meu drinque, sorvendo o gosto doce do leite de coco, gelado.

— Uma delícia!

Sou distraída quando meus ouvidos, sempre atentos, captam no ar uma música de que gosto muito.

Desejo a você
O que há de melhor
A minha companhia
Pra não se sentir só

— Ah, eu amo essa música! Mas acho que vamos ter que ir embora — completo, brincalhona.

— E por quê?

— Porque aqui eles têm bom gosto musical, e você não compactua com isso.

— É uma pena que não toquem heavy metal, mas acho que posso abrir uma exceção *por hoje* — Iago diz, e, por um instante, noto seus olhos se desviarem para a minha boca.

A sensação de frio no centro do estômago retorna, e percebo quanto tempo faz que não beijo ninguém. Tenho certeza de que, se ele fizesse algum movimento, eu não o impediria. É difícil ser racional quando se está carente, curtindo a noite com um homem lindo como Iago, que, apesar de irritante, é charmoso e inteligente.

— Já que é assim... — Coloco o drinque no balcão e pego a cerveja dele, deixando a garrafa ao lado. Depois tomo sua mão. — Nós vamos dançar.

Dizendo isso, não o espero se recuperar da surpresa e o arrasto para perto da fogueira, onde outras pessoas já estão dançando e cantando.

Iago entra na onda rapidamente. Ele me gira e me puxa para si, nossos corpos se encontram, e balançamos juntos ao ritmo da música.

— Quero presentear, com flores Iemanjá, pedir um paraíso, pra gente se encostar... — canto, baixinho.

Ele toca meu rosto com a ponta dos dedos e me fita longamente, como se fosse capaz de ver minha alma através dos olhos.

— Uma viola a tocar, melodias pra gente dançar, a bênção das estrelas, a nos iluminar.

Iago chega mais perto, mas, quando penso que vai mesmo me beijar, ele ergue minha mão e me faz rodopiar outra vez. O momento é perfeito, uma sensação de pertencimento transborda em meu peito, e, apesar de tantas pessoas ao nosso redor, sinto como se mais ninguém estivesse aqui.

Envolvendo minha cintura, ele aproxima o corpo do meu e me abraça apertado. Apoio a cabeça em seu peito, um movimento quase natural e, de repente, entendo aquela borboleta em sua jaqueta, porque estou exatamente onde deveria estar. Pode ser apenas uma aventura, não estou buscando nada além disso, mas será uma aventura inesquecível.

11

Iago

Resolvemos passar alguns dias em Trindade para aproveitarmos mais o lugar. Camila está fotografando tudo e parece encantada por poder fazer isso. Dá para ver em seus olhos o quanto ela ama esses momentos, a garota até chegou a ganhar alguns trocados tirando fotos de um casal que a abordou ao vê-la com a câmera.

Entramos no mar, ou melhor, ela me forçou a entrar, e parecia uma criança se divertindo. Conhecemos outros campistas, e ela também aproveitou para ver mais do vilarejo ontem, enquanto eu trabalhava. O clima entre nós melhorou muito, e em alguns momentos me pergunto se não está progredindo demais, caminhando para algo que não deveria acontecer, mas é difícil não flertar com ela quando estamos muito perto e ela sorri daquele jeito fácil.

Talvez hoje seja nosso último dia aqui. Estou pensando em seguirmos viagem porque, nos últimos dois dias, a água está mais gelada e a temperatura começou a cair um pouco. Então, resolvi criar um pequeno roteiro para aproveitarmos e nos despedirmos de Trindade.

Agora estou esperando do lado de fora do camping enquanto ela termina de se arrumar na barraca. Camila não demora a sair e, quando surge, meus olhos traidores se voltam para ela.

Usando um vestido branco, com as alças do biquíni aparecendo e um leve bronzeado causado pelo sol forte dos últimos dias, ela está com o cabelo castanho solto sobre os ombros e, ao se aproximar, traz um cheiro gostoso de protetor solar.

— Cheguei. Te fiz esperar muito?

— De jeito nenhum. Você está muito cheirosa pra quem só está tomando banho de ducha.

Ela faz careta, sorrindo em seguida.

— Estou com saudades de um bom chuveiro quente, se quer saber.

Observo que ela ouviu minha recomendação e está de tênis, o de oncinha.

— Você viu com a Dalva se ela poderia tomar conta do Alfie? — pergunta, referindo-se à mulher da recepção.

— Ela disse que não tem problema e, se quer saber, precisamos sair daqui logo, ou meu cachorro vai voltar pra casa rolando.

Camila sorri, achando graça.

— Ela fica enchendo o Alfredo de petiscos, né? Eu também notei. — É quando ela percebe os capacetes nas minhas mãos. — Você não disse aonde íamos, essa roupa está boa?

— Perfeita. Já andou de triciclo? — pergunto, estendendo um capacete para que ela pegue.

Primeiro Mila arregala os olhos, depois mordisca o lábio, me encarando com um sorriso largo.

— Nunca andei, mas sei que vou amar. Você alugou um?

— Sim, vamos passear. Quer trocar de roupa? — Aponto para o vestido.

— Claro que não, vamos agora!

Ela topa, como era de esperar. Coloco o capacete e a direciono até onde deixei o veículo estacionado. Subo na frente, e espero que Mila faça o mesmo.

Ela ajeita o vestido entre as pernas para que não suba, remexendo-se no assento. Camila se acomoda atrás de mim e, sem aviso prévio, suas mãos enlaçam minha cintura com força e ela apoia a cabeça em minhas costas.

— Tenho que me segurar em você, ou vou cair — avisa, mas percebo um sorriso em seu tom. — Não se incomoda que eu te abrace, não é?

— Me abraçar? — Meu tom é um pouco falho, sei que ela está fazendo isso de propósito, não sou bobo, e eu seria um idiota se não estivesse interessado.

Às vezes, eu penso demais. Foi um dos motivos que me fizeram encarar essa viagem, me soltar um pouco e me divertir. Por isso, ligo o triciclo e acelero, fazendo Mila se agarrar mais forte a mim.

Pegamos a rodovia em direção à cidade. Passa pouco da hora do almoço, mas ainda não comemos, e, apesar da brisa fresca, um calor úmido cai sobre nós. O centrinho do vilarejo fica bem perto do camping, e é para lá que vamos primeiro.

Quando paramos em frente à calçada, espero Camila descer e pego o capacete dela para carregar.

— Está bem cheio — comenta, observando a rua apinhada de pessoas carregando sacolas e caminhando de um lado para o outro.

— Pensei em comprar algumas lembrancinhas. O que acha?

Camila não responde de imediato, e sinto que seu olhar fica pesaroso por um instante, mas logo seus olhos se desanuviam e ela volta a falar.

— Posso levar algo para a Luana, pra quando eu voltar, e para a irmã dela!

Entramos em uma das lojinhas ali perto e escolhemos algumas coisas. Nada de mais: ímãs, chaveiros, e escolho uma camiseta engraçada para presentear meu pai. Ele é todo sério, mas no fundo adora essas coisas.

Depois disso, levo Camila até um restaurante na esquina para almoçar e, ao terminarmos, pegamos o triciclo para continuar a aventura. Quando anuncio meus planos, ela arregala os olhos, mas, em vez de reclamar, abre um sorriso e se empolga, cheia de expectativa.

Sigo com o triciclo até onde posso ir, depois o estaciono e o tranco com a corrente que me deram na loja. Nós continuamos a pé para fazer a trilha até a pedra grande. Também a chamam de Pedra Que Engole, e não podemos ir embora sem conhecer o lugar icônico.

Depois de finalizar a parte mais tranquila do trajeto, chegamos a um amontoado de pedras. E apesar de Mila estar calçando tênis, prefiro segurar na mão dela, para ajudá-la a passar sem o risco de cair.

— Segura a minha mão — falo, esticando o braço para que ela me alcance.

Dessa vez, Camila não hesita, ela se apoia em mim e dá um passo maior, pulando de uma pedra para a outra.

— De acordo com o mapa, estamos quase lá — aviso.

— E será que podemos confiar nesse seu mapa? Não sei, não...

— Por acaso já te coloquei em alguma enrascada? — Eu a encaro com um olhar recriminador. — Não é pra responder.

Camila ri baixinho, mas mantém a concentração para seguir por sobre as pedras.

— Vai valer a pena. Eu vi algumas imagens do lugar, você vai adorar.

— Com certeza eu vou, e vou tirar muitas fotos, quero registrar você sendo engolido pela tal pedra.

Sorrio da empolgação meio macabra dela, mas meneio a cabeça.

— Só quero ver, não vou entrar.

Estou tentando ser sutil, mas até eu posso notar a tensão em minha voz.

— Está com medo? Pensei que estivesse nessa viagem para se aventurar — ela provoca.

— *Ha ha ha*, que engraçado! Eu não estou com medo, só não me sinto à vontade entrando em um buraco que não sei onde vai dar.

— Mas aí que está, você sabe — ela teima. — Não tem perigo nenhum, muitas pessoas fazem isso todos os dias, você mesmo me contou.

— Pessoas loucas, você quer dizer — rebato. — Para se divertir, não é necessário se arriscar assim.

Isso arranca uma risada alta dela, Camila parece achar que não existem consequências para nada.

— Tem espaço suficiente entre a água e a pedra, vai se arrepender se não for.

Sequer reflito sobre isso, nem mesmo passou pela minha cabeça a ideia de entrar pelo buraco. Ser imprudente não faz meu estilo.

Avisto a cachoeira logo adiante, e solto um suspiro de alívio. Se eu realmente estivesse nos levando para o lugar errado, ia ter que ouvir Camila falar disso pelo restante da viagem.

— Sabe em que estou pensando? — pergunto, depois de alguns instantes admirando a cachoeira. — Quem será que pensou que seria uma boa ideia entrar em um buraco no meio das pedras pra sair do outro lado do rio?

— É uma excelente pergunta.

De onde estamos, paramos por um momento, admirando a beleza do lugar. Avistamos um grupo de amigos do outro lado, mas, exceto por eles, o lugar está vazio. É possível ouvir os pássaros cantando em meio às árvores, o que traz uma sensação de paz e calmaria. Coloco a mochila sobre uma das pedras, sentindo o olhar atento de Camila em mim.

— Vamos entrar? Não viemos até aqui pra desistir agora, né? — ela provoca, arqueando as sobrancelhas.

— Eu peguei a referência da música — brinco.

Ainda com suas duas esmeraldas fixas em mim, ela ergue o vestido acima da cabeça, claramente querendo me enlouquecer. Engulo em seco ao ver o corpo esguio coberto apenas por um conjunto de biquíni branco e desvio o rosto, antes que eu acabe passando uma grande vergonha aqui.

— Um mergulho? — sugere, provocante.

— Deve estar gelada — retruco, mas não sou forte o bastante para resistir.

Sem pensar duas vezes, ela pula na cachoeira, espirrando água para todo lado. Eu a observo mergulhar e se erguer com o cabelo molhado, o olhar intenso procurando por mim, me hipnotizando como uma sereia.

Tiro a roupa e entro, tentando não parecer um idiota babando pela garota. O choque da água gelada em contato com a pele faz com que Camila bata os dentes de um jeito exagerado.

— Iagooooo! Está gelado!

— Não posso discordar — respondo, nadando para mais perto dela. — Mas a ideia foi sua!

Camila aquiesce, estreitando os olhos.

— Agora vamos ver a pedra! — fala, preparando-se para sair.

A pedra fica na parte superior do poço, e para chegar até ela precisamos fazer uma outra trilha, mas essa é bem rápida. Camila ignora meu olhar fulminante, ciente de que me fez entrar na água gelada apenas para sair em seguida, mas ela segue ao meu lado, fazendo um grande esforço para ignorar meus olhares enviesados, e continua sorrindo e assobiando, algo que contribui para me deixar mais louco da vida.

Sei bem que viemos aqui para isso, mas se ela ia querer sair da água tão rápido, não precisava ter entrado. Passo à sua frente, nos conduzindo e olhando o mapa que salvei no celular. Ao chegarmos ao local, percebemos que na verdade são três pedras, coladas uma na outra. Água jorra no meio delas, e é bem nesse ponto que há uma passagem.

Antes de mais nada, Camila fotografa o lugar e me pede para esperar enquanto posta as fotos em suas redes sociais. Ela tem postado desde o início da viagem, com hashtags para aumentar o alcance, buscando o reconhecimento do seu trabalho.

Enquanto isso, olho das pedras para ela, com o cenho franzido.

— Você acha mesmo que vai caber aí nesse buraco, Mila?

Ela sonda o espaço, que parece mais estreito do que deve ser.

— Está preocupado comigo? — pergunta, piscando um olho para mim.

Faço careta. É claro que estou, se eu não me preocupar com essa desmiolada, o que será dela? Estaremos nas manchetes pela manhã.

— Se você ficar entalada, o que eu faço?

— Eu sou bem magra — ela fala, como quem constata um fato ruim. — Não existe a menor chance de ficar entalada. — Revira os olhos, como se minha preocupação fosse infundada. — Você fica aqui e observa, e aí, se perceber que tudo deu certo, me segue.

— Não sigo.

— É só deslizar pra dentro, passar pela queda d'água, e aí vai cair do outro lado — explica, usando as informações que eu mesmo contei a ela, por meio de uma pesquisa no Google. — Você sabe nadar?

É a minha vez de revirar os olhos.

— Claro que sei nadar, Camila.

— Então vai dar tudo certo.

Sem me dar chance para discutir, ela se abaixa para chegar mais perto e se senta próxima à passagem, então acena para mim com um sorriso cínico e escorrega para dentro. Consigo ouvir o eco da minha voz gritando seu nome enquanto ela desaparece.

Só consigo voltar a respirar com tranquilidade quando ela sobe para a superfície e se vira para me encarar.

Completamente pirada! Não sei onde eu estava com a cabeça para trazer Camila até aqui, era óbvio que ela não se contentaria em apenas ver a paisagem.

— Viu? É supertranquilo.

Apesar de ainda haver um alarme no fundo da minha mente, ela fez mesmo parecer muito fácil. Em outras circunstâncias, eu jamais me atreveria a fazer isso, mas uma parte de mim sente que precisa ousar mais. Só um pouco mais.

— Acho que não é perigoso — falo, refletindo melhor.

— Vem, Iago! A água está uma delícia.

— Mentirosa, está congelando aí — respondo. Mesmo assim, me sento no lugar em que ela se posicionou antes.

Não acredito que vou mesmo fazer isso.

Camila ainda está rindo da maneira como tenho agido quando prendo a respiração e escorrego, passando pela queda e fazendo o mesmo trajeto que ela. No fundo, não é mesmo nada complicado: passo pelo jato de água, caio em uma espécie de caverninha e, em poucos instantes, estou do outro lado.

— Acredito que agora você tenha que reconhecer que eu tinha razão.

Ela se aproxima de mim e apoia as mãos em meus ombros. Por um instante, penso em puxá-la para mais perto e roubar um beijo. Estou cada vez com mais vontade de fazer isso, e ela não parece indiferente, mas Camila consegue quebrar o momento.

— Vamos de novo?

Depois de Camila me fazer ser engolido pela pedra mais três vezes, fazemos o caminho de volta. Antes de voltar ao camping, precisamos devolver o triciclo, e acabamos decidindo passear na praia para assistirmos a um último pôr do sol aqui.

A maioria das pessoas já está indo embora, mas outras também esperam para ver o sol se deitar no horizonte.

Camila e eu caminhamos lado a lado pela areia, seu cabelo voa com o vento, e o cheiro do seu protetor solar invade minhas narinas.

É um momento simples e único, que me faz pensar em como pessoas com planos tão diferentes terminaram juntas no mesmo lugar. O destino é mesmo cheio de ironias.

Me sento na beira da praia, sobre a areia molhada, e Mila se senta ao meu lado. A areia está úmida, mas, assim como eu, ela não parece se importar. Observo seu rosto de perfil, o olhar distante, fixo no horizonte. Ela é realmente linda.

— Esse lugar é mágico, Iago. Me faz sentir tanta paz — ela fala, e desvio o rosto ao perceber que a estou encarando.

— Também sinto. Está sendo uma viagem divertida.

Ela desvia os olhos para mim e me fita com intensidade, seus olhos brilham quando ela assente em concordância.

— Eu também acho, e precisava muito disso, você não faz ideia do quanto. Obrigada por me trazer, e por ter...

Ela se cala por um instante, e fico curioso para saber o que ia dizer.

— Por ter...?

Camila sorri.

— Não acredito que vou dizer isso... mas estou feliz que tenha me roubado aquele pastel. Mesmo viajando o país e conhecendo lugares incríveis, seria uma viagem bem solitária se você não tivesse aparecido — diz, com uma nota de pesar.

— Não precisa agradecer. Posso roubar seus pastéis sempre que quiser.

Ela me lança um olhar travesso, com o dedo em riste.

— Não ouse, Iago.

E, em silêncio, ficamos sentados observando enquanto o sol se esconde. Camila apoia as mãos no chão, e os dedos tocam os meus sutilmente. Sinto um ímpeto de segurar sua mão, mas me contenho.

— É lindo, não acha? Mas me bate um sentimento de tristeza ao mesmo tempo — ela fala, depois de um instante quieta.

— Por quê?

— Porque vamos embora. Logo, nos lembraremos do dia de hoje apenas com nostalgia.

Observo quando ela coloca uma mecha do cabelo atrás da orelha, e penso no que está dizendo.

— Nossa aventura está muito longe de terminar, vamos embora para viver coisas novas.

— Tem razão, temos muito a fazer ainda. Eu quero registrar esse instante...

Ela alcança minha mochila e tira algumas fotos do pôr do sol, e, sorrindo, também me fotografa com o cenário de fundo.

— Que gato — fala, assobiando ao encarar a imagem em sua câmera. — Essa foto poderia me render um prêmio e tanto em algum concurso — completa, com uma piscadinha nada sutil. — Já pensou em postar fotos suas e ganhar dinheiro com isso? — pergunta, com os olhos semicerrados.

— Eu? Tipo um modelo? — A ideia é tão horrível que já estou rindo antes que ela responda.

— Qual a graça? Se estiver sem roupa, então... — ela provoca, ou ao menos acho que é uma piada, mas não chego a perguntar.

Levando na esportiva, me levanto, oferecendo a mão para a ajudar a se colocar de pé.

— Se você for a fotógrafa, eu penso nisso — respondo, sem perder a oportunidade. — Agora, vamos buscar o Alfredo e tomar nossos assentos rumo à próxima parada.

— E para onde estamos indo?

Camila se coloca ao meu lado, e voltamos a caminhar pela areia, dessa vez em direção ao camping.

— Você logo vai descobrir.

12

Camila

A estrada para Campos do Jordão também é cheia de curvas, mas, contrariando qualquer expectativa, Iago me pediu que dirigisse e prometeu que não haveria briga dessa vez. Por isso estou ao volante, o que por si só já seria uma surpresa, principalmente depois do meu chilique. E, para tornar tudo ainda melhor, ele está ao meu lado, me dando algumas instruções com uma paciência que eu não esperava.

Dá para perceber que é uma questão delicada para ele, que está acostumado a assumir a direção e que, mesmo concordando e até me pedindo que dirigisse, permanece com os olhos atentos a cada movimento do veículo, mas ao menos está se esforçando para relaxar.

A cabeça de Alfie aponta entre nós dois vez ou outra, mas, na maior parte do tempo, ele segue relaxado no banco de trás.

— Agora vamos ter muitas curvas pela frente — Iago avisa.

O comentário me tira uma risada.

— Deixa comigo, chefe — brinco. — O Toretto se aposentou.

— Só estou dizendo porque é bem íngreme, mas sei que você dá conta — ele completa, sorrindo, com a voz mais tranquila.

Unindo sua versão didática com meu eu menos inconsequente, as coisas vão muito bem, e eu fico mais confiante. Não é minha primeira vez dirigindo, mas já precisei admitir que não estou acostumada com estradas cheias de curvas ou... com estradas em geral, e o fato de Iago me instruir com paciência me dá uma segurança de que eu nem sabia que precisava.

— Assim tá bom? Ou estou muito devagar? — pergunto, com um sorriso discreto, sabendo muito bem o que ele vai dizer.

Iago sorri de volta, os olhos brilhando daquela maneira que já começa a me parecer familiar.

— Agora você está me provocando. Não é pra andar igual a uma tartaruga também, isso causa acidentes tanto quanto dirigir veloz e furiosa.

Gargalho, aumentando a velocidade para o que é permitido na via.

— Perfeito. Assim chegamos vivos, e as vans das freiras não vão nos ultrapassar.

— Ei! Foi só uma van, e você precisa considerar o fato de que elas estão com Jesus!

Iago ri alto, e um latido de Alfredo se soma à nossa brincadeira.

— Está ótimo assim — ele fala, ainda com o sorriso na voz. — Desse jeito, podemos aproveitar a vista.

Respiro fundo, mantendo o controle do volante, mas olhando para a paisagem que desbravamos ao nosso redor. As montanhas cheias de árvores altas, o verde delas se misturando ao cinza do céu nublado, pequenos animais que cruzam nosso caminho, casinhas distantes umas das outras e aconchegantes, conferindo ao trajeto uma atmosfera de paz e calmaria, ainda que a estrada exija que eu mantenha a concentração.

À medida que avançamos, as nuvens ficam mais escuras, nos ameaçando com chuva, e a neblina começa a cobrir o topo das árvores conforme subimos a serra. A paisagem é de tirar o fôlego, o manto cinzento do céu torna tudo mais emblemático.

— Essa cidade nunca decepciona — Iago comenta, observando o entorno com seu jeito despreocupado. — Já esteve aqui antes?

— Não — respondo, sucinta, pensando no quadro dos sonhos da minha mãe e em quantas vezes planejamos estar aqui.

Logo, as primeiras gotas de chuva começam a cair, atingindo o para-brisa, o que me faz pensar no estilo de viagem que estamos fazendo.

— Não vai ser complicado acampar com chuva? Bom, eu gosto daqueles vídeos do YouTube para dormir, mas na prática...

— Que vídeos? — Ele me fita, claramente se divertindo.

— Sabe quais são, aqueles de som de chuva caindo sobre a barraca.

Iago ri, um som leve que enche o carro.

— Eu nunca dormi com esses vídeos, mas relaxa, sabia que você ia dizer isso. Só que eu tenho uma surpresa.

O comentário me deixa intrigada e, por um instante, me esqueço das memórias tristes e dos planos que fiz com minha mãe.

— Que tipo de surpresa? — Não tiro os olhos da estrada, mas a curiosidade fica evidente em minha voz.

Iago tira o celular do bolso e dá uma olhada rápida antes de alcançar o GPS e colocar um endereço nele. Até então, estávamos sendo direcionados para a cidade, mas agora temos um destino exato.

— Vamos seguir por essa estrada por mais uns cinco minutos e entrar na cidade, ajustei aqui com o endereço de onde vamos ficar. Vai precisar pegar um pedacinho de estrada de terra.

— É bom que a chuva espere então, antes de engrossar — comento, já nos imaginando atolados na lama e eu sendo obrigada a empurrar a caminhonete.

Mas o pensamento não tira o brilho da coisa, a expectativa que começa a se formar.

Quando entramos em Campos do Jordão, me sinto confusa, porque o local em que estamos não se parece em nada com as fotos que eu tanto via na internet ou com o que eu imaginava. Mas depois, conforme nos embrenhamos mais a fundo na cidade e saímos subindo a montanha, rumo à estradinha de terra que Iago mencionou, eu passo a perceber o charme do lugar.

Algumas casas vendem lenha, as construções em estilo europeu ostentando chaminés para o alto; com a chuva, que fica mais forte a cada instante, é um tanto romântico. O som das gotas batendo no teto do carro parece ser a trilha sonora perfeita.

Talvez seja o fato de estar finalmente aqui, ou o clima chuvoso, mas é impossível não pensar em minha mãe e não sentir falta dela. Me lembro da forma como a segurei contra mim em seus últimos instantes e do quanto nos amávamos. Tenho me esforçado muito para tornar essa uma viagem feliz, e para não pensar nela de uma maneira triste.

Eu a conhecia bem o bastante para saber que ela voltaria só para puxar meu pé se me visse chorando pelos cantos em cada um dos lugares que visito, mas às vezes é impossível evitar. Sinto quando uma lágrima consegue escapar e escorre pelo meu rosto, e me apresso para secá-la com as costas da mão. Iago está distraído com o GPS e não percebe, ou, se nota, não fala nada.

Finalmente, ele indica uma entrada estreita à direita, e eu viro. Consigo respirar com calma e me tranquilizar quando começamos a subir uma estradinha de terra, que serpenteia pela montanha. Ao chegarmos no topo, ele me instrui a passar por um portão alto de ferro, e me vejo dentro de um condomínio. Aqui dentro, as ruas são de pedras, há postes ainda apagados ao longo do caminho, e eu diminuo a velocidade, tentando entender o que estamos fazendo aqui.

As casas são lindíssimas, algumas se parecem mais com mansões, e outras, ainda que menores, são charmosas, feitas luxuosamente de madeira.

— Vamos acampar em um condomínio? — pergunto, lançando um olhar de esguelha a ele.

Iago aponta para uma das casas mais afastadas, todo misterioso.

— Pode estacionar ali.

A casa à qual ele se refere é linda, de dois andares, e parece muito aconchegante. Há uma varanda coberta, cercada por luzes amarelas que estão acesas e contrastam com o dia cinzento.

Seguindo os comandos dele, estaciono a caminhonete, surpresa.

— Por que estamos parando aqui?

Iago desce do carro, e o assisto correr em meio à chuva, cobrindo a cabeça com as mãos, até a casa ao lado. Ele bate na porta e, em seguida, conversa rapidamente com alguém que não consigo ver.

— O que seu pai está aprontando, Alfie? — Acaricio as orelhas peludas do cão, que também espera o retorno de seu dono.

Quando Iago corre de volta para perto de nós, ele abre a porta de trás para liberar a saída de Alfredo e arqueia as sobrancelhas, me encarando.

— Não vai descer?

— Mas de quem é essa casa?

Desligo o motor, esperando que ele explique qual é a história por trás do lugar.

— É do Juliano, um amigo meu — ele conta, esperando que eu desça e me junte a ele. Quando estou ao seu lado, volta a falar: — Ele trabalha na empresa dos meus pais, e emprestou pra gente. Disse que podemos ficar quanto tempo quisermos.

Analiso a fachada da casa, encantada. A chuva molha meu cabelo e meus ombros enquanto absorvo a visão das madeiras azul-bebê, do telhado inclinado e das janelas brancas e grandes. Tudo parece perfeito, muito diferente do que eu estava imaginando para a nossa estadia na cidade.

— É incrível — comento, ao observá-lo abrir a porta da frente.

— Vai ficar aí na chuva? — provoca, me convidando com um gesto para entrar. — Pode ir se secar, eu tiro as coisas da caminhonete.

Passo por ele, entrando em uma sala belíssima. Os móveis são de madeira escura, tapetes felpudos cobrem o chão, o estofado é florido e há um lustre de cristal pendendo do teto. No canto, vejo uma lareira feita de tijolos e, ao lado dela, uma cristaleira cheia de taças e copos bonitos.

— Quando foi que você planejou tudo isso?

Iago dá de ombros de modo despretensioso.

— Não planejei, eu fico olhando a previsão do tempo e pensando para onde ir em seguida. Quando vi que estava com esse clima de chuva, mandei mensagem para o Juliano e pedi as chaves. O caseiro mora bem ao lado, então foi fácil resolver tudo.

Aquiesço e inalo profundamente, sentindo o cheiro de madeira misturado à brisa úmida da montanha, que entra pela porta aberta.

— Vem, vamos conhecer tudo — ele chama, fechando a porta atrás de nós.

— Mas e o Alfie?

Iago para por um instante, parecendo ponderar sobre o clima, antes de fazer uma careta.

— Vou encontrá-lo e levar para a casinha que o Juliano me garantiu que tem nos fundos. Se ficar nessa chuva, não vou ter outra escolha a não ser dar um banho nele daqui a pouco.

Balanço a cabeça, me livrando da preocupação. Ele está acostumado a viajar na companhia de Alfredo, e conhece seu cachorro muito melhor que eu.

Enquanto Iago cuida de Alfie, sigo pela sala e passo para o cômodo ao lado, meus calçados fazendo um barulho abafado sobre o piso de madeira. Todos os móveis são uma mistura de rústico e clássico, o que deixa o ambiente ainda mais acolhedor.

Iago não demora a voltar, e entramos na sala de jantar juntos. O ambiente conta com uma mesa enorme e cadeiras com encostos altos e almofadados, e na porta seguinte encontramos a cozinha. Ela é compacta, mas muito bem equipada; parece ter muito mais do que nós vamos precisar, considerando que nos contentamos com uma fogueira, um cooler e alguns espetos nos últimos dias.

— E lá em cima devem ficar os quartos — Iago fala, começando a subir as escadas.

Sigo em seu encalço, curiosa e apaixonada pelo lugar e por sua decoração impecável. Ao pisarmos no último degrau, nos vemos diante de uma porta bem no início de um corredor. O primeiro quarto é uma suíte espaçosa, com uma cama de casal grande coberta por uma colcha bordada com flores marrons minúsculas. As paredes são do mesmo tom de azul que a casa, e os móveis brancos dão um charme todo romântico ao espaço. O banheiro fica logo ao lado, e meu queixo cai ao avistar a banheira enorme, com vista para a montanha.

Parece um sonho.

Os outros quartos são menores. Um deles parece ser infantil, com duas camas de solteiro e alguns brinquedos espalhados, enquanto o outro abriga também uma cama de casal, mas é menos luxuoso que o primeiro.

— Esse lugar é maravilhoso — comento, ainda em êxtase. — O Juliano trabalha para os seus pais?

Iago assente, e isso me faz questionar o tipo de vida que o próprio Iago leva, mas ele explica tudo o que eu não teria coragem para perguntar.

— Os pais dele tinham grana, mas morreram. Ele era filho único, e ficou com esta casa e com um apartamento lá na cidade, ele trabalha e faz uma grana alugando isso aqui.

Depois de conhecer a maior parte do lugar, descemos de volta para a sala e, enquanto me deslumbro com a vista da varanda que cerca os fundos da casa, Iago corre na caminhonete e busca nossas coisas.

— O que quer fazer primeiro? — Ele se aproxima de mim, também observando a varanda, que é cercada por portas de vidro. Estamos bem no alto, o que torna tudo ainda mais bonito.

Eu solto um suspiro de alívio.

— Tomar banho. Tudo bem por você? Você não tem ideia do quanto estou precisando de água quente — emendo, me lembrando das duchas geladas em Trindade.

— Claro, por que não enche a banheira? Eu vi como olhou pra ela, parecia apaixonada — ele sugere, com um sorriso travesso.

Não vou admitir para Iago com todas as palavras, mas estava torcendo para que ele sugerisse algo assim. Não quero parecer folgada, mas eu nunca entrei em uma banheira antes, e hoje, mais que nunca, um banho relaxante com sais e espuma parece ser o sonho de uma vida toda.

— Se você está sugerindo, como posso dizer que não?

— Quero que fique à vontade, Mila. Considere que somos hóspedes aqui e que vamos desfrutar de tudo, tá bom? Enquanto isso, eu vou até a cidade bem rapidinho, comprar algumas coisas. Com essa chuva, talvez não dê para sair hoje, então vamos precisar de comida, e de lenha.

Eu arqueio uma sobrancelha.

— Vamos acender a lareira?

Ele apenas pisca para mim, misterioso, e pega as chaves da caminhonete.

— É lógico que vamos acender.

Sorrio de volta, já empolgada com a ideia. Subo apressada as escadas, levando a mochila comigo. Já no quarto, fecho a porta para garantir e tiro a roupa enquanto encho a banheira com água quente.

Demoro um pouco para entender o funcionamento dela e onde devo ligar para que os jatos de água apareçam e a espuma se forme, mas jogo um pouco de cada um dos produtos que encontro na bancada e acho que acabo acertando, porque logo a banheira parece convidativa e pronta. E o melhor, não está vazando água ou espuma, nem encharcando tudo, porque esse era o meu maior medo.

Finalmente entro nela, a água quente envolve meu corpo e me sinto relaxar, cada músculo sendo acariciado pelos jatos da hidromassagem. Fico lá por um tempo, os olhos fechados, ouvindo a chuva cair do lado de fora e observando a paisagem. É tudo tão diferente da rotina que eu vivia, que às vezes parece que essa viagem com Iago é um sonho e a qualquer momento vou acabar acordando dele.

Quando finalmente saio do banho e me visto, colocando um moletom e calça de pijama, Iago já está de volta. Passo pela sala e, toda feliz, constato que ele já acendeu a lareira. O cheiro da lenha queimando começa a preencher o ambiente, as chamas aquecem o lugar todo e também o iluminam. Eu o encontro na cozinha, tirando os itens que comprou de dentro das sacolas e organizando tudo em cima da pia.

— O que você trouxe? — sondo, curiosa, enquanto me aproximo.

Iago ergue os olhos ao me ouvir e sorri de canto, notando meu pijama e meu cabelo molhado.

— Agora, sim, um banho digno — comenta, e faço uma pose charmosa para brincar. — Trouxe mistura para preparar chocolate quente e marshmallows, porque não podem faltar, e comprei ingredientes para fazer biscoitos, na esperança de que você soubesse como fazer — ele conclui, com uma careta.

Eu solto uma risada, surpresa.

— Para sua sorte, meu caro, eu faço os melhores biscoitos. Parece que alguém está planejando quase um acampadentro.

— Um o quê?

— Acampadentro — falo, revirando os olhos. — A palavra é autoexplicativa, Iago. É quando você acampa dentro de casa.

— Ah, é claro, que idiotice a minha — responde, os olhos estreitados. — Mas tem razão, só porque estamos dentro de casa não significa que vamos deixar de lado a *vibe* de estarmos em uma aventura. Vamos assar marshmallows na fogueira, ou na lareira, no caso, e todo o resto.

Sorrindo, percebo como o clima entre nós está cada vez mais leve, mais descontraído. Cada pequeno gesto dele, cada sorriso e brincadeira, nos torna mais próximos, e apesar de saber que existe um limite que não ultrapassamos, já que não conversamos sobre nada muito pessoal, sinto como se nos conhecêssemos há muito tempo.

Se fosse no início da semana anterior, eu jamais aceitaria ficar em uma casa sozinha com ele, dormir à noite sabendo que estamos apenas nós dois aqui. Mas agora me parece que não há outra pessoa em quem eu possa confiar mais.

— Então que tal você tomar um banho e tirar essa roupa molhada enquanto eu faço os biscoitos? — sugiro. — Se você ficar doente, vai estragar a tal aventura.

— Tem toda a razão, vou tomar um banho e já volto, mas me espere pra começar com os biscoitos. Eu quero ver como se faz... — ele responde e, me pegando de surpresa, se inclina e dá um beijo em minha testa antes de sair da cozinha.

13

Iago

Tomo um banho rápido. Ainda quero desfrutar da banheira, mas, no momento, estou com pressa para descer e me encontrar com Camila. Digo a mim mesmo que quero ajudar com os biscoitos, mas sei, lá no fundo, que minha vontade é a de estar com ela, como se cada segundo contasse.

Há muito sobre mim que Camila não sabe, e sei que ela também guarda para si muitas coisas. Mas o pouco que compartilhamos é incrível, e me faz desejar conhecer mais profundamente quem ela é, embora eu saiba muito bem, pelo pouco que vi, que ela não está em busca de nada mais que uma aventura. Mas, quer saber, por que não?

Eu a encontro na cozinha, encarando a pia e os ingredientes. Como prometeu, ela não começou sem mim, e fazemos tudo juntos, em um clima descontraído. De vez em quando, nossas mãos se tocam sem querer, e, às vezes, entre uma piada e outra, nossos olhares se encontram, e sinto que a atração cresce, algo que esteve aqui desde o início, mas que se intensifica com o passar dos dias.

Assim que colocamos os biscoitos na forma, preparamos o chocolate quente para, em seguida, despejar a bebida fumegante em duas canecas. Diferente do que eu imaginava, os biscoitos assam muito rápido e, quando as bebidas são finalizadas, o forno apita avisando que eles também estão prontos.

Camila coloca os biscoitos em um prato e segue para a sala; eu a acompanho. Nos sentamos no tapete em frente à lareira, observando as chamas trepidarem suavemente. Ela coloca o prato no chão entre nós. Os olhos dela estão fixos no fogo, mas, de alguma maneira, ela percebe que a estou observando, e noto quando um sorriso desponta em seus lábios.

— Meu rosto está sujo? — pergunta, zombeteira.

— Não, eu só estava pensando em como viemos parar aqui.

Camila ri, um som suave e delicioso.

— Sabe de uma coisa? Eu estava pensando nisso mais cedo, e cheguei à conclusão de que você tem um dom.

— Eu? Que dom?

— O de transformar coisas simples em especiais — fala, dando de ombros. — Era só uma carona, e veja só como estamos. Tomando chocolate quente em frente a uma lareira.

O tom dela é mais ameno, como se estivesse mais reflexiva que de costume.

— Não acho que eu tenha esse dom — respondo, sem conseguir evitar o tom de flerte. — Talvez tudo apenas tenha se tornado especial por causa da sua companhia.

Meu comentário parece deixá-la envergonhada, porque noto o rubor alcançar suas bochechas, e sorrio, abaixando os olhos para minha caneca, brindando ao meu feito em silêncio, já que ver Camila tímida e calada é quase um milagre. Mordisco um dos biscoitos e, depois de algum tempo, retomo a conversa.

— Posso perguntar uma coisa?

Ela me lança um olhar de canto, e aquiesce.

— O que motivou sua viagem? — questiono, deixando a curiosidade vencer. Não sei se estou preparado para falar sobre as minhas motivações, e isso parece injusto, mas eu gostaria muito de conhecer as dela.

— Como assim?

— Tipo, de verdade. Sei que falou que queria fotografar e conhecer o país, mas às vezes eu acho...

Camila olha para o fogo por um momento, como se buscasse pelas palavras certas, mas seu silêncio não é desconfortável, sei que está se preparando para dizer algo que é importante para ela. Por fim, respirando fundo, ela começa a falar:

— Foi minha mãe — conta, desviando os olhos para me encarar. — Ela esteve doente por vários anos, eu cuidei dela todo esse tempo, e justamente por isso comecei a fotografar. Era um trabalho no qual eu podia definir meus horários e estar em casa sempre que fosse preciso.

Sinto um aperto no peito ao escutar sua história, mas sei que há mais.

— Era muito grave?

Camila anui.

— Minha mãe faleceu há pouco tempo. Perder alguém que amamos tanto é algo que marca, acredito que para sempre. Minha mãe era incrível. — Ela abre um meio-sorriso. — Era o tipo de pessoa que via beleza em tudo, que amava a natureza. Ela era bióloga e pesquisava borboletas, as espécies diferentes, tudo que as tornava únicas, era obcecada por elas. — Camila ri baixinho, um som carregado de memórias.

— Eu sinto muito... — digo, sentindo o peso da revelação.

Sei exatamente como ela se sente, e isso faz com que um nó inconveniente se forme em minha garganta. Ela dá de ombros e toma um gole da sua bebida antes de recomeçar.

— Acho que ela já estava cansada de lutar, ficava na cama o tempo todo... — Meneando a cabeça, ela completa, com a voz mais firme: — Minha mãe dizia que as borboletas representam uma vida nova.

— Faz sentido — concordo, sem querer interromper agora que ela está se abrindo.

— Quando eu era criança, íamos aos parques, passávamos horas olhando para tudo, as flores e as borboletas. Para a minha mãe, elas representavam mais do que seu trabalho, era como se fossem... esperança.

Eu não sei o que dizer, justamente por reconhecer o peso de suas palavras. Tenho meus pais comigo, mas sei muito bem como é a dor de perder alguém que se ama. Ouvir toda a sua história me faz desejar ser tão aberto quanto ela, poder contar sobre o meu fardo, mas ainda não consigo reabrir a ferida, e sei que talvez seja egoísmo da minha parte querer conhecer tanto dela, guardando tanto de mim.

— E quando ela se foi, você buscou por um recomeço... — deduzo.

Camila pondera, reclinando o rosto um pouco, pensativa.

— A ideia partiu dela. Quando era mais nova, ela viajou para muitos lugares no Brasil, e o seu maior sonho era me levar pra conhecer todos os estados pelos quais passou, me mostrar tudo o que conheceu, sabe? Eu estava sempre cuidando dela, fizemos um quadro dos sonhos, com fotos de todas as cidades para onde iríamos quando ela estivesse bem de saúde.

A voz de Camila quebra por um segundo, e vejo o esforço que faz para continuar. Faço menção de interromper, não quero que ela se sinta mal, sei quanto isso é difícil, mas ela meneia a cabeça e segura minha mão, apertando-a suavemente.

— Mas isso não aconteceu. Eu me dediquei e fiz de tudo para cuidar dela. Não foi fácil, sabe? Mas eu não faria nada diferente — conta, e uma lágrima solitária escorre em seu rosto. — Nos últimos dias, ela falava o tempo todo sobre a viagem, mas, em nossa última conversa, ela sabia que não me acompanharia. Começou a falar várias coisas, que estaria sempre comigo, e que quando eu visse uma borboleta, deveria reconhecer como sendo um sinal dela. E me pediu que fizesse a nossa viagem...

— Eu nem imaginava algo assim — admito.

— Quem poderia imaginar? — Ela sorri, mas seu sorriso não chega aos olhos marejados. — Vendi tudo o que tínhamos, paguei nossas contas, entreguei a casa e, com o pouco que sobrou, saí rumo a essa aventura. Sei que me acha meio maluca, mas eu não era assim, na verdade era bem mais parecida com você, sensata e com uma rotina regrada. Mas a vida é muito curta. Quando nos damos conta, ela passou e não fizemos nada. Por isso resolvi viver de outra forma.

— Droga... Agora entendo por que começou a chorar quando perdeu o ônibus. E eu pensando que fosse uma garota mimada chorando por conta de um salgado. — Esfrego o rosto, tentando disfarçar meus olhos, que também estão lacrimejando.

— Eu surtei — ela fala, com uma careta. — Você ofereceu a carona, e eu jamais teria aceitado, mas aí quando se virou...

— O quê? — Isso me deixa intrigado.

— A jaqueta que estava usando.

Franzo o cenho, tentando compreender o que ela está dizendo, e então eu me lembro em um estalo.

— A borboleta estampada nas costas — comento, em um murmúrio.

— Eu pensei que ela estava me mandando um sinal de que podia confiar e ir com você — Camila assume, dando de ombros. — Pode parecer bobagem, mas eu interpretei dessa forma.

Sorrio, assimilando tudo. Nunca imaginei que algo assim definiria o rumo dela e das minhas férias.

— Sabe o que é interessante? Foi minha mãe quem me deu aquela jaqueta, ela gosta de pintar em tecido nas horas vagas.

— Bem que achei estranho, não faz muito o seu estilo.

— Eu gostava muito da jaqueta, aí um dia ela apareceu decorada com a borboleta. Minha mãe estava tão feliz com a sua arte, que até gostei. Agora acho que talvez fosse pra ser assim.

Camila me encara por um momento, processando o que estou dizendo, então sorri de leve, o tipo de sorriso que não precisa de palavras.

— Parece que as borboletas nos trouxeram até aqui, afinal de contas — ela fala, baixinho, e é então que nossos olhares se encontram de uma forma diferente, mais profunda, mais íntima.

O silêncio entre nós agora está carregado de intensidade. Esse desejo, essa atração que cresceu desde que nos conhecemos, agora parece prestes a transbordar. Olhando seu rosto, as sardinhas charmosas na ponta do nariz e seus olhos profundos, sinto como se o mundo ao nosso redor desaparecesse, como se só existíssemos nós dois. O fogo na lareira ainda trepida suavemente, mas meu foco está totalmente nela.

— Camila... — eu mal reconheço o tom rouco em minha própria voz — ... estou feliz por ter roubado aquele pastel...

Ela ri baixinho, um som doce que contrasta com as chamas que vejo em seus olhos. A proximidade entre nós diminui um pouco mais quando me aproximo, e o que vem a seguir é inevitável. Com os olhos presos aos dela, sem dizer nada, me inclino para mais perto, e Camila termina de percorrer a distância entre nós.

E, em um movimento natural, eu a beijo. Quando minha boca cobre a sua, tudo parece fazer sentido. Não é um beijo afoito, mas lento e delicado no início, enquanto descobrimos uma versão totalmente nova de nós dois.

Então ela toca minha nuca, seus dedos entram no meio dos meu cabelo e tudo se torna mais profundo. Meu coração está acelerado, como se eu fosse um adolescente dando seu primeiro beijo. Sinto o corpo de Camila se mover um pouco mais, e então estamos colados um ao outro.

Sua língua desliza por entre meus lábios, tímida. Circundando seu corpo pequeno com as mãos, eu a trago para o meu colo. Nós nos beijamos assim por muito tempo, mas não avanço as coisas. Aproveito cada segundo, sentindo a maciez de sua boca, o gosto do chocolate, e vou me perdendo em um momento que tem tudo para se tornar inesquecível.

14

Camila

Pela manhã, acordo com a luz suave se infiltrando pelas cortinas, invadindo e clareando o quarto. O colchão da cama em que estou é muito macio e confortável, e demoro um instante para me lembrar de onde me encontro.

Ontem à noite, Iago me deixou dormir no quarto principal e seguiu para o outro, no fim do corredor, e embora eu quisesse que ele ficasse comigo, o clima estava sentimental demais, e preferi não seguir em frente naquele momento.

Iago...

Me lembro de tudo o que conversamos, da forma como me abri com ele e, depois disso, do beijo, o tipo de beijo que mexe com tudo dentro de uma pessoa e deixa uma marca.

Pensar nisso causa uma sensação estranha. Foi tudo incrível, mágico até, mas não sei como me comportar agora com ele. Não sei o que ele está pensando a respeito do acontecido, e embora eu queira ficar com ele, não desejo me apegar a alguém enquanto sigo em busca dos meus sonhos. Além disso, ainda que estivesse em meus planos todas aquelas vezes que flertei com ele, preciso reconhecer que nunca fui adepta a relações casuais e não sei como lidar com a novidade.

Me levanto da cama, sigo até o banheiro e me arrumo. Troco de roupa, escovo os dentes e já ajeito o cabelo, pensando no dia que teremos pela frente. Não sei quais são os planos de Iago, mas ele provavelmente vai querer sair pela cidade.

Quando fico pronta, deixo a suíte e caminho devagar até a porta do quarto que ele ocupou. Ela está entreaberta, e Iago ainda dorme. Seu cabelo está bagunçado, os traços do rosto relaxados, e a respiração faz seu peito despido subir e descer em um ritmo cadenciado. Vê-lo assim faz meu coração bater mais rápido, enquanto as lembranças da noite passada voltam frescas para a minha mente.

Iago e eu. É difícil ignorar o fato de que cruzamos uma linha, e que talvez não tenha uma maneira fácil de voltar atrás. Talvez eu não queira voltar para como as coisas eram antes do beijo.

Avisto Alfredo aos pés da cama, dormindo em cima do tapete Iago deve tê-lo buscado em algum momento durante a noite.

Deixando os dois, desço para a cozinha e preparo um café. Alfie é o primeiro a aparecer. Ele se senta perto de mim, abanando o rabo, e consigo imaginar o que está querendo. Eu o levo até a lavanderia, encontro suas coisas onde Iago deixou e preparo sua tigela com ração e o pote de água.

Ao voltar para a cozinha, encontro Iago, já de pé e parecendo bem à vontade. Ele sorri, sem qualquer sinal de constrangimento.

— Bom dia — fala, se servindo de café.

Eu retribuo seu sorriso, mesmo que me sinta um pouco nervosa.

— Bom dia. Dormiu bem?

— Melhor do que nunca — ele diz, piscando para mim.

Iago tem o poder de me desconcertar com seu jeitinho careta e ao mesmo tempo muito doce, e, o pior, sinto que às vezes ele sabe disso e faz de propósito.

— Que bom — murmuro, desviando o olhar. — E quais são os planos pra hoje?

— Pensei em irmos até o Parque Capivari. O que acha? Você pode conhecer mais da cidade, e levamos Alfie junto.

— É uma ótima ideia — concordo, aliviada.

Um passeio ao ar livre parece uma ótima forma de dissipar o constrangimento. Alfredo escuta o dono e parece adorar a ideia, porque logo começa a pular em volta dele, sem controlar a animação.

Saímos da casa pouco depois, mas o caminho até o parque é bem rápido. À medida que seguimos até lá, com Alfie no banco de trás e as músicas de Iago tocando, o clima leve de antes parece retornar.

Como era de esperar, o parque está cheio. Famílias curtindo o dia e, como nós, vários turistas. Sei disso porque eles estão sempre tirando fotos, assim como eu, embora no meu caso isso seja um pouco mais exagerado.

O clima está fresco, o céu nublado, mas não está chovendo e não faz um frio congelante. Caminho com Iago ao meu lado, e de vez em quando nossos ombros se tocam, de leve. Alfredo está preso na coleira, do contrário já teria saído em disparada por aí, e ele nos arrasta atrás de si de um lado para o outro. Suspiro, aproveitando o passeio gostoso. O parque é lindo: há um pequeno lago cheio de pedalinhos e, de onde estamos, posso ver o teleférico subindo vagarosamente pela montanha.

— Já andou de bondinho? — ele questiona, referindo-se ao teleférico.

Meneio a cabeça, observando de longe mesmo.

— O que acha de a gente ir?

— Mas... E o Alfie?

— Ele pode ir também — Iago explica, dando de ombros.

É óbvio que não consigo dizer não, por isso logo estamos os três a bordo. O teleférico começa a se mover, iniciando a subida, e sinto um friozinho na boca do estômago. Já bem mais para o topo, consigo ver a paisagem de Campos do Jordão, com suas casas bonitas e todo o verde que cerca a cidade.

— Eu adoro isso... — Iago está com o rosto quase colado no vidro, enquanto Alfie está deitado no piso, com cara de quem não está curtindo muito a experiência.

Faço um carinho atrás das orelhas dele, que choraminga um pouco.

— Está com medo, Alfie? É bem alto aqui, mas não tem perigo...

Na verdade, eu também senti certo receio no início, embora jamais fosse admitir, mas há algo de mágico em subir a montanha assim, suspensa no ar. Não é igual a estar em um avião, porque daqui é possível ver tudo, e nas aeronaves há uma sensação bem maior de proteção.

Aproveito o passeio e tiro algumas fotos. Estou tentando vários concursos, mas ainda que já tenha postado muitas fotografias, e algumas delas tenham alcançado um público enorme nas redes sociais, não obtive respostas nem fui contatada por algum jornal ou revista. Pelo canto do olho, vejo quando Iago abraça Alfie e faz caretas; registro tudo, sem querer perder um instante. Ele mesmo tira algumas selfies nossas, para que os três possam aparecer, e quando descemos do teleférico, estou me sentindo mais leve, como se o passeio tivesse terminado de extinguir o constrangimento.

Exploramos ainda mais o parque, passeando entre as pessoas e conhecendo tudo. Como não dá para irmos no pedalinho, porque Alfie não poderia ir junto, resolvemos almoçar em uma das lanchonetes do parque, aproveitando que já passa de meio-dia.

Sondo o cardápio, tentando me decidir, mas quando chego à parte que descreve os salgados, não consigo resistir e peço um pastel de queijo. Iago acha graça da minha escolha, mas pede outro para si, além de uma coxinha e um refrigerante. Tudo está muito gostoso e a conversa volta a fluir entre nós com naturalidade, da mesma maneira que antes do beijo, mas, agora, sinto que estamos mais conectados.

Depois de comermos, decidimos ir até uma fábrica de chocolates que ele encontrou. Por mais que eu adore a ideia, preciso alertar Iago de que não me responsabilizo se gastar todo o meu dinheiro no lugar.

— Não podemos sair daqui sem que você conheça a fábrica — ele responde, rindo do meu comentário. — Eu prometo que pago pelas suas compras.

— Isso não é certo, você não tem essa obrigação — retruco, batendo com o ombro no dele enquanto seguimos de volta para o carro —, mas eu aceito uma barrinha e alguns bombons.

15

Camila

O trajeto até a fábrica é feito com muita animação. Iago coloca sua playlist no som e vai cantando durante todo o caminho. Ao menos é o que ele diz, já eu considero que esteja gritando e espantando o frio, mas sua cantoria consegue me arrancar muitas risadas.

Ao passarmos pela porta do estabelecimento, o cheiro de chocolate nos envolve, e na mesma hora minha boca já se enche de água. As vitrines estão recheadas de bombons artesanais e barras de chocolate de todos os tipos, desde o mais amargo até o branco. Dizem que as comidas precisam ser bonitas e atrativas, porque, antes, nós comemos com os olhos, e parece que aqui levaram isso muito a sério.

Há canecas cheias de guloseimas para presentear, caixas de chocolates de todos os tamanhos e até mesmo algumas pequenas esculturas, como Papais Noéis de chocolate e corações.

Alfredo parece chateado por ficar esperando na porta, mas tenho certeza de que ele faria um caos dentro da loja, derrubando tudo, caso permitissem a sua entrada.

Estou olhando uma vitrine quando ouço a voz de Iago e percebo que ele não está falando comigo. Olhando por sobre o ombro, eu o vejo com o telefone diante do rosto, em uma chamada de vídeo. Ele parece fazer um tour pelo lugar, comentando sobre os chocolates, as máquinas, e chego a pensar que está gravando para as redes sociais, até ouvir a voz de uma senhora do outro lado.

— Eu? Não, mãe. Estou com a Camila. — Ele vira o celular em minha direção.

Rápida, me esgueiro e fujo da câmera, indo parar do outro lado da loja, enquanto ele segura a risada.

— É alguém que eu conheci na viagem, mas ela não está aqui agora — ele fala, me lançando um olhar divertido —, deve ter ido comprar mais bombons.

Quando ele se vira novamente, me escondo atrás de uma prateleira, rindo.

— Não, ela de repente ficou tímida — explica, respondendo a algo que a mãe perguntou. — Na estrada? Claro que estou tomando cuidado, mãe, a senhora sabe que eu não corro...

Acho fofa a preocupação dela, mas fico em silêncio e espero até ele desligar, e só então reapareço, notando os olhares intrigados dos funcionários. Bom, eles não me conhecem e nunca mais vão me ver, então não me sinto envergonhada como me sentiria ao ser apresentada assim para a mãe dele.

Saímos da fábrica com uma sacola cheia de chocolates, e tem de tudo: trufas, bombons recheados e barrinhas de todos os tipos. A fábrica não é grande, mas tem muita variedade, e conhecer o lugar foi uma experiência e tanto.

No carro, Iago promete me deixar escolher primeiro o chocolate que eu quiser, e pego uma das trufas de pimenta, me lembrando da novela a que assistia quando mais nova.

— Chocolate com pimenta. Dizem que é bom — falo, antes de morder um pedaço e fazer careta. — Mas estou me sentindo enganada. É muito ruim.

Iago ri, mas abre a boca quando estendo a trufa para que ele prove.

— Hum... — Ele aquiesce. — Tem razão, uma porcaria.

Experimentamos uma trufa de nozes enquanto seguimos para a próxima parada, uma livraria charmosa, que também é uma cafeteria e mais parece saída de um filme. Do lado de fora, flores de todas as cores enfeitam a fachada, e, dentro do lugar, as paredes estão ocupadas por estantes muito altas, abarrotadas de livros. Eu não costumo ler muito, mas de vez em quando aprecio um bom romance, e passeando entre eles não resisto ao impulso de comprar um. Talvez esteja sendo influenciada pelo ambiente, e pelo cheiro gostoso de café que se mistura ao aroma de páginas novas.

— Imaginei que você fosse gostar daqui. — Iago ri, vendo minha expressão sonhadora.

— E imaginou certo, dá até vontade de me sentar e ler aqui mesmo.

Nós dois caminhamos por entre as prateleiras, observando os títulos, e Iago comenta sobre um ou outro que já leu. Seguimos para o café e escolhemos uma mesa para nos sentarmos, mas, em algum momento, nossas mãos se encontram.

Eu não saberia dizer quem tomou essa atitude ou deu o primeiro passo para que isso acontecesse, mas Iago entrelaça os dedos nos meus e o gesto, que parece fácil e natural para ele, gera em mim uma pontada de desconforto. Afinal de contas, não somos nem seremos um casal para agirmos dessa forma, mas não o afasto. Esperamos por nossos cafés assim, e não é necessário que nada seja dito.

Para acompanhar a bebida, pedimos uma fatia de bolo de cenoura com calda de chocolate para dividir, e, por um instante, me lembro do quanto minha mãe amava essa cidade e falava dela com carinho. Agora entendo o motivo. No momento, eu poderia dizer que este dia se tornou o meu favorito de todos os que passei com Iago até aqui.

16

Iago

Voltamos para a casa que ao menos por esses dias vai ser nossa nossa, e agora estou aqui, sentado na varanda, enquanto Camila subiu para tomar banho. Aproveito o momento sozinho para pensar no que tem acontecido. Esses dias que estamos passando juntos têm sido incríveis e intensos, tudo foi fluindo tão rápido e de maneira tão gradual que às vezes me pergunto como foi acontecer.

De onde estou, vejo Alfredo correndo pelo jardim atrás de algo que só ele consegue ver. O som de suas patas pela grama ainda molhada da chuva de ontem me faz sorrir. Mas, com tudo isso, a ideia que não sai da minha cabeça é a de fazer algo especial para Camila.

Depois de ouvir toda a sua história e criar memórias ao lado dela, quero que tenhamos uma noite nossa. Uma que seja diferente e que mostre que quero algo a mais do que a amizade que estamos construindo. Talvez seja a minha forma de me desculpar por não compartilhar tanto de mim com ela.

Alcanço o celular no bolso e faço uma chamada de vídeo com Juliano. Como ele vem sempre para a cidade e conhece o lugar há muitos anos, com certeza vai ter uma ideia.

— Fala, chefe — ele atende, brincalhão como de costume —, não cansou dessas férias ainda não? Sua mãe vai me deixar doido perguntando de você todo dia.

— Eu falei com ela mais cedo, relaxa — respondo, achando graça ao perceber que ele olha para os dois lados, como se minha mãe fosse brotar do nada. — Escuta, te liguei pra pedir uma indicação.

— Indicação? Do quê?

— Um restaurante legal. Sabe de algum lugar bacana para que eu possa levar a Camila?

— A garota da carona, que poderia te sequestrar, agora está merecendo um jantar romântico? — ele indaga, deixando claro que sabe que existe algo que não estou contando.

— Não é jantar romântico. — Reviro os olhos para o exagero dele — É só um jantar legal, comida boa, talvez uma música.

— Tem um lugar bem legal que tem meia-luz, fogo de chão, e colocam um cara tocando violino e tudo.

— Sério? Parece ótimo — respondo, me animando com a ideia.

— Jantar romântico, eu disse... — Ele gargalha do outro lado, e percebo que fui pego na mentira. — Ô, tia, vem aqui! Seu filho tá levando uma garota pra um jantar romântico — ele grita, chamando minha mãe.

— Idiota. Se ficar me azucrinando, eu volto só daqui a dois meses e deixo minha mãe na sua cola.

Juliano faz o sinal da cruz e fecha a porta, para que minha mãe não entre.

Apesar da palhaçada, ele me passa o endereço de um restaurante exatamente como descreveu, e insisto em dizer que não é um jantar romântico apenas para preservar a dignidade, mas a verdade é que quero surpreendê-la.

O local indicado por meu amigo é um restaurante italiano cuja comida dizem ser muito boa, e a vista, excepcional, perfeito para um jantar a dois. E, para ser franco, sei que vou conseguir arrancar aquele sorriso dela, o sorriso que ilumina tudo ao redor.

Sem pensar muito, faço a reserva para dois e, com uma última olhada, confirmo o horário, satisfeito com a escolha. Agora preciso ver se Camila vai topar, mas ela é sempre muito flexível com os planos, e não posso imaginar uma razão para que recuse o convite.

Subo em direção ao quarto e a encontro deitada na cama, apenas de toalha, folheando o livro que compramos mais cedo. Meus olhos percorrem seu corpo de maneira meio indiscreta, e logo os desvio em uma tentativa de me controlar.

— Mila, vim te fazer um convite — digo, me apoiando no batente da porta.

— Que tipo de convite? — Ela olha para cima, me encarando com curiosidade, e fecha o livro, claramente interessada.

— Vamos jantar fora, só nós dois?

Camila sorri, meio hesitante.

— Pensei que estivéssemos só nós dois o tempo todo.

— Eu sei, mas dessa vez nossa criança vai ficar em casa — brinco, me referindo ao Alfie. — Eu pensei em algo diferente, um restaurante italiano aqui na cidade que dizem que é maravilhoso.

Ela sorri, e vejo um brilho iluminar seus olhos.

— Sabe que não precisa fazer nada disso, né? Nós não somos namorados, nem nada.

Apesar do tom casual, percebo a necessidade que ela sente de afirmar isso. Camila não está procurando um relacionamento, ela quer ser livre e faz questão de deixar isso bem claro.

A constatação me causa um leve incômodo, mas eu o afasto. Afinal de contas, não é como se eu estivesse à procura de uma namorada. Podemos nos divertir juntos, mas eu com certeza ainda sei fazer isso.

— Sei, só pensei que seria divertido — respondo, dando de ombros.

— Se é assim, é claro que eu aceito, vou me arrumar — ela fala, levantando-se em um pulo e quase derrubando a toalha no processo. — Ops!

Ela corre para o banheiro, me deixando mais animado do que poderia admitir.

Camila não demora muito para se arrumar, e chegamos ao restaurante pouco depois das oito. Como pretendo beber um pouco, decido chamar um carro de aplicativo para nos levar até lá, e assim que descemos do transporte, ainda na entrada do lugar, consigo sentir o cheiro de massa fresca e molhos. O ambiente é ainda melhor do que eu esperava: as luzes estão baixas; as mesas, cobertas com toalhas brancas impecáveis, e há um ar sofisticado que não é forçado. É acolhedor, os detalhes são em madeira escura e há velas na maioria das mesas, tornando o clima perfeito para a noite.

O garçom pede o nome da reserva, e quando respondo, nos conduz a uma mesa que fica do lado de fora. O lugar é indescritível. Estamos no topo de um morro, com uma vista magnífica; varais com luzes iluminam o ambiente e várias tochas aquecem os clientes. Algumas construções em ruínas ao nosso redor tornam tudo mais pitoresco, como se estivéssemos de fato na Itália.

— Meu Deus, Iago... — Camila sussurra, chamando a minha atenção. — Eu nem tenho roupa pra isso.

— Você está linda, perfeita.

Somos conduzidos até nossa mesa e, ao nos sentarmos, percebo como Camila está impressionada com o restaurante.

— Esse lugar é magnífico — ela comenta, olhando ao redor. — Ainda bem que trouxe minha câmera.

— Como se você saísse sem ela...

— Sabe que estou me inscrevendo em vários concursos, né? — ela pergunta, embora eu saiba e esteja acompanhando todas as suas postagens desde que a encontrei no Instagram. — Essa viagem está me rendendo um portfólio e tanto, quero conseguir algum trabalho de prestígio, sabe?

Aquiesço, ouvindo a empolgação em sua voz.

— As fotos estão perfeitas, e você vai conseguir, com certeza.

— Se eu conseguir um trabalho assim ou vencer algum concurso, vou ganhar visibilidade.

— E aí vem a *National Geographic* — falo, convencido de que ela está no caminho para realizar esse sonho.

O garçom nos interrompe, me oferecendo um cardápio, e então entrega outro a ela. Camila analisa os itens com o cenho franzido.

— O que foi?

Ela olha para o lado, notando que estamos sozinhos.

— Não tem preço em nada — sussurra. — Como vamos escolher?

— Pode pedir o que quiser, é por minha conta.

— Mas... por que não tem preço?

Sorrio, achando graça de sua reação.

— Porque quem paga sou eu, só o meu tem os valores.

— Isso é machista — resmunga, estreitando os olhos —, e muito justo, porque eu não poderia pagar mesmo — completa, rindo.

Ela analisa o cardápio. Há um sorriso suave em seu rosto, e não resisto ao impulso de alcançar sua câmera no canto e tirar uma foto dela, distraída, mergulhada no menu. Camila escuta o som do obturador e me encara com ar de repreensão.

— Ei! Nem me deu tempo de fazer uma pose.

— Não mesmo, está linda assim toda espontânea. Depois podemos tirar algumas ali nas ruínas, o que acha?

— Sério que está me perguntando? Já visualizei todas as poses que vamos fazer.

Quando o garçom retorna, já decidimos nossos pedidos. Fettuccine com trufas para mim, risoto de frutos do mar para ela, e incluímos uma garrafa de vinho para acompanhar. Enquanto esperamos, o ambiente ao nosso redor parece se tornar ainda mais agradável; as velas derretem lentamente, tremeluzindo com a brisa da noite. Até mesmo o murmúrio das conversas ao nosso redor é bom.

— O que te deu para resolver sair para um lugar assim? — ela questiona, apoiando as mãos sob o queixo.

— Queria te levar a um lugar diferente, não sei. Acho que não temos que pensar muito no que significa, não é?

Ela pondera, concordando com a cabeça, e isso me faz sorrir ainda mais.

— Você pensa muito, estamos aqui pra aproveitar.

Nosso jantar chega e, como esperado, tudo está delicioso. A massa é muito boa, o risoto de Camila parece tão bom quanto, e o vinho é a melhor parte. Bebemos e comemos em silêncio por alguns momentos, aproveitando a companhia um do outro.

Quando terminamos, ainda pedimos tiramisu de sobremesa e dividimos o doce enquanto falamos da viagem e do que ainda queremos fazer. Depois de fazermos quase uma sessão de fotos no lugar, voltamos para casa. Está mais frio agora, mas o céu segue estrelado, e caminhamos juntos até onde o carro que pedimos nos aguarda.

— Obrigada por isso, de verdade — Camila fala em dado momento.

— Não precisa agradecer, eu adorei cada segundo.

17

Camila

Em nosso último dia na cidade, Iago me leva para conhecer o borboletário de Campos do Jordão. O lugar é encantador desde a entrada, e é uma surpresa agradável em nossa viagem. Não esperava que, depois de compartilhar mais da minha história com ele, Iago fosse buscar por algo que me conectasse ainda mais à minha mãe, mas deveria ter previsto, já que ele está sempre fazendo coisas que mexem comigo muito mais do que eu gostaria de admitir.

Até mesmo o ar daqui parece diferente, como se fosse pura magia. Tudo parece vibrar ao nosso redor. As plantas estão por todo lado, criando um labirinto verde que nos convida a explorar.

De mãos dadas, Iago e eu caminhamos no meio delas, o som dos nossos passos se misturando ao sussurro das asas dos pequenos insetos.

— Olha só essa azul, Mila! — ele me chama, apontando para uma borboleta que dança pelo ar, deslumbrante em tons de azul e preto. — Parece uma obra de arte.

Acompanho o movimento dela com o olhar e sorrio.

— É magnífica. Algumas delas nem parecem ser de verdade.

Penso em minha mãe e no quanto ela as amava. Esse com certeza seria um lugar ao qual viríamos juntas. Mas, se uma borboleta sozinha é um sinal dela, ter todas essas voando ao nosso redor me faz sentir como se ela estivesse de fato aqui, comigo.

Caminhamos mais um pouco e por fim chegamos a uma área cheia de casulos. Algumas pessoas os consideram intrigantes, bonitos, ou feios, de acordo com cada percepção. Mas, para mim, eles são promessas de transformação, do novo.

Fascinada, observo enquanto uma das borboletas começa a se libertar.

— Ali, Iago — sussurro, por um instante temendo que erguer a voz possa atrapalhar o processo dela.

Aponto para o casulo que se abre devagar e, juntos, vemos quando ele revela uma criatura frágil surgindo.

— Está nascendo.

Iago se aproxima mais e me abraça por trás, e ficamos assim por algum tempo, absorvendo tudo.

— É incrível como algo tão pequeno pode ser tão lindo... — falo, notando minha voz embargada.

Ele se inclina e deposita um beijo suave em meu rosto.

— Não são as borboletas em si, embora elas sejam bonitas — ele fala —, mas sim tudo que elas simbolizam, especialmente pra você.

Aquiesço enquanto a vejo se contorcendo, tentando se libertar completamente. Suas asas ainda estão dobradas, mas aos poucos elas se abrem, ganhando forma. Podemos ver as cores delas se revelando em uma mistura de laranja e amarelo com bordas negras.

Sem conseguir evitar, pego a câmera e me posiciono, registrando o momento exato em que ela as abre por completo.

— Esta foto, Mila. É esta que deveria te render a *National Geographic* — Iago comenta, com um sorriso. — No dia a dia, você também leva a câmera para onde vai?

Assinto, me virando para o encarar.

— Eu gosto de capturar tudo o que me toca — respondo, ajustando o foco para fotografar o sorriso dele.

Iago me fita por um momento, mas, quando volto a me concentrar na borboleta, ele também retorna sua atenção para ela, que agora está completamente livre.

Nós a assistimos bater as asas pela primeira vez, hesitante, e por fim se lançar no ar. A leveza do seu primeiro voo me faz prender a respiração, e não me surpreendo ao sentir que meus olhos estão úmidos.

— Realmente, elas são uma metáfora da vida — Iago reflete, seguindo o voo dela com os olhos. — A transformação, a dificuldade para sair do casulo, a força necessária e, no final, a liberdade.

Concordo com um aceno, sentindo que estamos em mais um daqueles momentos inesquecíveis.

— Você acha que já saiu do seu casulo?

Baixo a câmera e o encaro por um instante. Suas palavras reverberam dentro de mim.

— Acho que estou no meio do meu processo de transformação, mas consigo me imaginar voando, logo.

Iago anui, me oferecendo um sorriso.

— Tenho certeza de que vai ser um lindo voo.

— E você?

Ele fica em silêncio por um instante, o olhar distante. Não é a primeira vez que o vejo assim, e começo a entender que Iago carrega algo consigo que ainda não quis compartilhar. Me incomoda um pouco perceber que ele talvez não confie em mim o bastante para isso, mas também consigo compreender que é difícil.

— Não sei, de verdade — ele fala, por fim, dando de ombros. — Vivi confortável no meu casulo a vida toda, mas uma tempestade o derrubou no chão, e eu fui obrigado a sair. Estou me acostumando a voar.

Assinto, compreendendo mais nas suas entrelinhas.

Tudo bem. Por ora, saber disso é o bastante.

18

Camila

Nossos dias em Campos do Jordão foram mágicos, não há outra palavra para descrever, mas chegou a hora de nos despedirmos. No momento, estamos descendo rumo ao Paraná, e enquanto a caminhonete de Iago segue pela estrada, posso sentir o vento passando pela janela aberta e bagunçando meu cabelo.

Estou começando a me acostumar com os sons pesados que ele gosta de escutar. Não é que eu goste, mas o barulho já não me incomoda tanto, é uma espécie de *trilha sonora* da nossa *aventura*, e acredito que nunca mais vou ouvir Iron Maiden ou Rammstein sem pensar em Iago e no tempo que passamos juntos.

Enquanto o vocalista grita em alto e claro alemão — aliás, só alto, porque não entendo uma só palavra —, a paisagem ao nosso redor começa a mudar. Passamos por fazendas e sítios, por pequenos vilarejos e também algumas cidades, mas os campos se estendem até onde a vista alcança na maior parte do tempo.

De repente, penso em como faz tempo desde que Luana e eu conversamos. Temos trocado algumas mensagens, e a mantenho informada da viagem e do nosso próximo destino, mas não ouço sua voz há o que parece ser um século. Penso no chaveiro e no ímã de geladeira que comprei para ela em Trindade, e pego o celular na bolsa.

— Se incomoda se eu fizer uma ligação? Faz tempo que não falo com minha amiga, preciso dar sinal de vida antes que ela mande a polícia atrás de você.

Iago ri, meneando a cabeça.

— Claro, você me descreveu como um ladrão de comida aspirante a canibal.

Mostro a língua, brincando, enquanto o observo abaixar o volume do som para quase zero.

— Pode ligar, fique à vontade. Só não garanto que ela vá te entender, o sinal não é muito bom aqui na estrada, e a ligação pode ficar cortando... — ele alerta.

Bem lembrado, eu nem havia pensado nisso.

Ainda assim, resolvo arriscar e, já sorrindo, disco o número de Luana. O sinal parece estar mesmo bem fraco, mas depois de alguns segundos a voz animada — e falha — dela responde do outro lado.

— Até que enfim, sua desalmada! Estava pensando besteira já.

— Que tipo de besteira? — indago, com um olhar de canto para Iago.

— Ou o bonitão tinha te desovado em algum riacho pelo caminho, ou, na melhor das hipóteses, você tinha sido abduzida por alienígenas.

Uma gargalhada me escapa e ecoa dentro da cabine, atraindo a atenção de Iago e também de Alfredo, que coloca a cabeça no vão entre os bancos para tentar entender o que está acontecendo.

— Você é muito pirada!

— Eu? Foi você quem me mandou uma foto do cara e ficou falando sobre crimes. Fui influenciada!

Sorrio, balançando a cabeça, ainda sem acreditar no que ela disse.

— Foi o que o Iago falou — comento, notando o olhar dele em mim —, que fiz você pensar que ele era um canibal ou coisa pior.

— O que pode ser pior? — ele resmunga.

— Quase impossível ser pior... — Lu emenda, os dois falando praticamente ao mesmo tempo. — Mas me conta tudo! Como você tá?

— Estou ótima, mas morrendo de saudades.

— Eu também. E como está sendo a viagem? Como está o Iago? — Luana pergunta, em um tom que deixa claro o que ela está pensando.

Reviro os olhos, mesmo sabendo que minha amiga não pode me ver.

— A viagem está sendo maravilhosa. Até comprei lembrancinhas pra você em Trindade!

O grito dela me obriga a afastar o telefone do ouvido, e vejo Iago soltar uma risada, achando graça da minha conversa.

— Sabia que ia se lembrar de mim, porque eu sou sua melhor amiga! A mais linda de todas!

Sorrio, e ignoro o comentário, porque responder só a deixaria muito convencida. A verdade é que não tenho outras amigas. Colegas e conhecidas, sim, mas a única amiga com quem realmente posso contar, e com quem consigo me abrir, é Luana.

— Não se empolga, tá? Eu comprei um chaveiro e um ímã de geladeira, não foi nada de mais.

— O que importa é pensar em mim, lindinha! E depois?

— Depois fomos pra Campos do Jordão. Você viu as fotos, não viu?

Ela suspira fundo do outro lado.

— Eu vi, amiga. Que coisa mais linda! Suas fotos me fazem sentir como se estivesse no lugar, sabe? Além disso, achei tudo muito romântico... — fala, maliciosa.

Apesar de Iago estar ao meu lado, ele não escuta o que ela está falando, mas ouve o que eu digo, então me limito a responder de maneira evasiva.

— Claro que não, coisa da sua cabeça.

— Não foi romântico? Anda, desembucha, Mila!

— Não dá, agora não consigo falar muito, não é, Iago? Porque o sinal está fraco.

Ele me olha de lado e aquiesce, não parece entender o que está havendo. Mas Luana compreende.

— Ah, ele está escutando, né? Esqueci disso. Depois me manda um textão com os detalhes, tá? Não é pra deixar nada de fora!

— Pode deixar — concordo, com um sorriso.

— E o que fizeram em Campos do Jordão? Aliás, você está toda blogueira com aquelas fotos, hein? Iago até que se sai bem como auxiliar de fotógrafo.

— Ele não é ruim — falo, rindo da careta que ele faz. — Nós nos divertimos bastante, passeamos pelo parque, comemos em um restaurante chique, andamos de teleférico e depois fomos a um borboletário, acredita?

— Jura? Ah, Mila, que lindo! Aposto que a tia Dulce ficou olhando lá do céu e achando o máximo.

— Do céu? Não sei, não. Acho que ela reencarnou em uma borboleta e fica me mandando sinais de vez em quando.

Iago sorri, balançando a cabeça como se concordasse comigo.

— E sobre as fotos, estou postando porque me inscrevi em alguns concursos, aí preciso colocar as hashtags, e eles analisam as postagens. Quem sabe eu vença algum deles... — explico, sonhadora.

— Mas é claro que vai vencer! Só não vence se a pessoa que decidir for uma idiota! Suas fotos são as mais lindas!

— Você nem viu as fotografias dos outros candidatos.

— Nem preciso, você é a melhor — ela fala, confiante. — Vou torcer pra que dê tudo certo, vai terminar essa viagem ganhando um concurso, um emprego e quem sabe um namorado, né?

— Opa! Aí acho que é você quem está viajando — corto, imaginando a expressão sonhadora de Luana. — Você sabe que existem prioridades.

— Ninguém falou em inverter nada nem de abrir mão, Mila... — Lu suspira, provavelmente porque se lembra do discurso que já repeti a ela milhares de vezes ao longo dos anos, que soam muito mais na voz da minha mãe, mas que de alguma forma se arraigaram em mim.

— Bom, a questão é que agora estamos a caminho do Paraná, e aproveitei para te ligar e conversar um pouquinho enquanto estou na estrada. Quando chegar lá, te mando mais fotos.

Conversamos por mais alguns minutos, até que o sinal fica bem instável e a ligação cai. Envio uma mensagem para ela, avisando que estou sem rede, e depois guardo o telefone na bolsa e me ajeito no banco.

— Luana falou que você está se saindo bem como assistente de fotografia — comento, pensando nas poucas coisas que ela disse que me sinto confortável em compartilhar.

Iago anui com um gesto e, voltando-se em minha direção, abre um sorriso debochado.

— Acho que essa sua amiga é minha fã número um.

Ele me lança um olhar divertido.

— Claro que não — defendo, me divertindo com o ego nada humilde dele. — Luana é minha fã, quanto a você... ela está só curiosa para saber mais sobre o cara com quem estou atravessando metade do país — respondo, tentando não soar muito interessada, embora eu também queira saber mais a respeito dele.

— Então aposto que você contou pra ela que eu sou o homem mais engraçado e bonitão que você já conheceu? — ele brinca, me lançando um olhar de esguelha.

— Claro que sim, como poderia esquecer? Você ouviu, foi quase o item principal da lista que passei a ela.

— Que lista?

— De todas as coisas boas que me aconteceram na viagem. Seu nome só veio depois do Alfredo, das refeições, do luau, da praia, do borboletário — continuo, enumerando nas pontas dos dedos —, da lareira, dos chocolates, da livraria...

Iago ri, percebendo meu tom brincalhão.

— É assim, Mila? Então é bom você saber que também não ocupa o topo da minha lista. Antes estão os pernilongos no acampamento, as cigarras naquela trilha e a farpa que entrou no meu dedo bem no dia em que chegamos em Maria da Fé.

— Ei! Não teve farpa nenhuma, seu mentiroso!

— Teve, só fiquei com vergonha de contar — ele fala, com uma expressão séria demais para o momento de descontração.

— Seu palhaço...

Poucos quilômetros à frente, Iago me pergunta se podemos fazer uma parada em um posto que fica no caminho. Como estou ansiosa para esticar as pernas e apertada para ir ao banheiro, concordo na mesma hora.

Enquanto Iago vai ao banheiro e desce Alfie para que ele também faça suas necessidades, aproveito para fazer o mesmo. Jogo uma água no rosto e arrumo o cabelo bagunçado antes de voltar para perto da caminhonete.

De onde estamos, bem no alto de uma estrada, consigo ver os campos verdes que se estendem à nossa frente e o céu que começa a ganhar tons alaranjados conforme o sol vai descendo no céu.

Torcendo para que Iago não brigue por causa disso, pego a câmera e subo no capô, pensando em fotografar o momento. Ele volta logo depois, trazendo algumas coisas em uma sacola, e percebo que entrou na lojinha para comprar comida.

Ele sorri ao me ver e se senta ao meu lado, deixando que Alfredo se deite no chão, bem perto de nós. Iago me oferece um dos sanduíches que trouxe e, posicionando um papel pardo sobre o capô, espalha algumas frutas em cima dele, além de chocolates e duas latinhas de suco.

— Café da tarde, com essa vista... — ele fala, mordendo um pedaço do seu sanduíche.

Concordo e coloco meu lanche de lado.

— Incrível... — Posiciono a câmera bem focada em direção ao sol, que se deita entre as colinas ao longe, e tiro uma foto. Encaro a tela, apreciando a imagem, quando um vulto pequeno passa diante dos meus olhos.

— Camila! — Iago chama, quase assustado.

Ergo o rosto e me deparo com uma borboleta toda pintadinha em tons de laranja e preto, linda. Sorrio, e com a imagem que se forma como um todo, meus olhos chegam a se encher de lágrimas emocionadas.

Foco mais uma vez, mas não encontro o ângulo adequado, por isso salto para o chão e me ajoelho, enquadrando a borboleta que voa tranquilamente. Com o pôr do sol como plano de fundo, tiro a foto. Encantada, encaro a fotografia que surge na tela. Iago se inclina para ver melhor e assovia.

— Você é excelente, Mila. Parece um quadro...

— Obrigada. — Aceito o elogio, com a voz um pouco embargada.

A borboletinha não se distanciou de nós, então Iago, sem movimentos bruscos, estende a mão. Como se fosse a coisa mais natural do mundo, ela pousa no indicador dele, com as asas abertas. Mesmo que surpresa, não perco a chance de fotografar a cena. Sem sombra de dúvidas, eu poderia dizer que é uma das mais lindas que já tive o prazer de registrar.

— Essa ficou maravilhosa — sussurro, enquanto observamos a borboleta voar para longe.

Iago olha a foto e abre um sorriso.

— Mas pega meu rosto.

Dou de ombros.

— É um rosto bem bonitinho, se quer saber.

Ele estreita os olhos para mim.

— Deveria parar de tirar fotos minhas, já que sou só bonitinho.

— Não, obrigada, modelo. Essa vai para o meu portfólio, se tiver sua permissão.

Iago não hesita, ele apenas dá de ombros.

— Fique à vontade, preciso assinar alguma coisa?

— Para o meu Instagram, não — respondo, rindo da formalidade com que ele pergunta. — Se ela vencer algum concurso, aí falamos em direitos de imagem. — Dou uma piscadinha, imitando um gesto que ele sempre faz.

— Não vai querer postar a outra? Que só tem a borboleta e o sol? — sonda, arqueando as sobrancelhas.

Não é como se não quisesse que eu postasse, ele só está me provocando.

— O que acha?

— Depende do que você quer transmitir. Se for algo mais focado em paisagens, eu excluiria o modelo. Agora, se quiser uma foto em um estilo mais... acolhedor?, não sei se é essa a palavra, aí eu arriscaria com a outra.

Concordo, percebendo que aos poucos ele começa a entender mais o que as imagens passam e que há espaço para todas elas, só é preciso saber direcionar.

— Acho que vou postar as duas, estão lindas, e eu não ia conseguir escolher. Se não quiser, posso postar sem mencionar o modelo — ofereço, imaginando que talvez ele se envergonhe.

Mas era de imaginar que Iago não recusaria algo assim. Enquanto ele me fita com os olhos franzidos nos cantinhos por causa da risada, coloco a câmera no pescoço e alcanço meu sanduíche.

— Claro que não, quero meus créditos. Pode me mencionar na postagem.

— Não está mais aqui quem falou. — Ergo as mãos em minha defesa, antes de morder um pedaço do lanche.

Iago também está comendo, e ficamos em silêncio por alguns minutos, compartilhando os últimos raios do sol. Quando termino de comer, abro o suco e tomo um longo gole, ainda encarando o horizonte que agora está mergulhando na escuridão arroxeada.

— Você viu a borboleta — começo, pensativa —, acha que é só uma coincidência? Quer dizer, sei que elas existem aos montes, mas o momento foi tão... pontual, não foi?

Iago balança a cabeça, concordando comigo, enquanto também beberica seu suco. Ponderando, ele me encara, está muito sério e parece ter algo importante a dizer.

— Eu acho que sua mãe veio por minha causa.

Sua fala me pega totalmente de surpresa, e levo alguns instantes para assimilar que ele está brincando.

— Eu deveria ter dito algo do tipo, prazer, dona Dulce, eu sou o Iago, o rapaz por quem sua filha não para de interceder e com quem anda sonhando todas as noites. Perdi minha chance...

Solto uma risada com a idiotice dele e instintivamente dou um leve tapa em seu ombro.

— Você é ridículo, sabia?

— Obrigado por reconhecer, me esforço muito para manter meu cargo de engraçadinho — Iago responde, esquivando-se ao perceber que preparo outro tapa. — Mas quer saber de uma coisa? Acho que as pessoas que amamos estão sempre por perto — fala, e não há mais sinal de que esteja brincando —, elas nos amam também. Sabem quanto sentimos falta e precisamos delas, e nos mandam mensagens através de coisas que eram importantes, que poderiam representá-las pra nós. No seu caso, as borboletas.

— Acredita mesmo nisso? — Não deixo de notar que ele fala de nós, como se soubesse muito a respeito dessa dor e dessa separação, mas não sinto que seja o momento para fazer perguntas sobre isso.

Iago é leve e divertido, está sempre fazendo piadas e brincando, mas em muitos momentos sinto que ele guarda algo que não está pronto para colocar para fora, ou ao menos para compartilhar comigo. E está tudo bem, cada pessoa lida com as emoções à sua maneira.

— Acredito. — Ele se recosta no capô, observando o horizonte, e uma brisa fresca nos alcança, um prelúdio da noite que se aproxima rapidamente. — Parece que cada pôr do sol que vemos é diferente, não acha? — Iago se esquiva da conversa mais profunda, mudando de assunto como se não o fizesse de propósito.

Eu não insisto, é claro.

— Mesmo que seja o mesmo sol, todas as vezes que paramos para observar, carregamos um pouquinho do nosso dia.

— Como assim?

— Se estiver triste, vai ter um pôr do sol melancólico; se estiver feliz, vai sentir como se o céu estivesse sendo pintado por um artista. Se estiver apaixonado, vai suspirar e querer dividir com a outra pessoa.

Mal as palavras saem da minha boca, me dou conta de como podem ter soado. Eu não quis dizer que estamos compartilhando um pôr do sol de apaixonados, mas poderia facilmente ser interpretado dessa maneira.

Nervosa, desvio os olhos para ele, sondando sua reação, mas Iago está sorrindo, contemplativo, balançando a cabeça em concordância. Analisando-o assim, de perfil, meu coração acelera um pouco, mas meneio a cabeça para afastar as ideias românticas e as reações exageradas.

Ficamos no lugar por mais alguns minutos enquanto terminamos de comer, e nos banqueteamos com a sensação de paz que esse instante traz. É como se o mundo fizesse uma pausa para que nós pudéssemos olhar para dentro e sentir.

Quando entramos na caminhonete, um pouco depois, Iago coloca o cinto e repousa os olhos castanhos nos meus.

— Vamos atrás do próximo pôr do sol.

19

Iago

Curitiba não é igual às outras cidades pelas quais passamos até agora. É cheia de edifícios altos e modernos, mas que contrastam com enormes áreas verdes. Muitas pessoas andam pelas calçadas, indo de um lugar a outro, apressadas, refletindo o que se espera de uma cidade grande e viva.

Assim como Camila, eu nunca estive aqui e, apesar de gostar de revisitar lugares que me renderam boas experiências, é sempre bom conhecer e explorar ambientes novos.

— Que cidade linda, vamos andar por aí? — Camila olha pela janela da caminhonete, animada.

— Com certeza. Mas, antes, vamos achar o camping?

Ela assente, e alcança o GPS para reprogramá-lo com o endereço.

— Como se chama mesmo?

— Acampa Trailer.

Camila arqueia as sobrancelhas, me fitando.

— Mas não estamos em um trailer.

Sorrio com a literalidade dela.

— Não tem problema, é claro que podemos parar na caminhonete, e eu monto a barraca pra você igual em Trindade.

Atento, sigo o GPS, já que não conheço o caminho. Camila está quase se pendurando na janela, curiosa com o movimento, sem querer perder um detalhe.

Depois de passarmos por uma avenida larga e cheia de árvores, chegamos à estrada que leva ao camping. Não é preciso dirigir muito mais; em poucos minutos, consigo ver o portão aberto e uma placa grande com o nome do lugar. Entro com a caminhonete, seguindo por uma trilha feita no meio do gramado, e estaciono um pouco mais à frente.

O lugar é mais interessante do que eu esperava. Vários trailers estão estacionados ao redor de uma área ampla e gramada, com mesas de piquenique e churrasqueiras. Árvores altas fazem um pouco de sombra no ambiente, que em um primeiro olhar parece tranquilo.

— Gostei daqui — Camila fala, cumprimentando com um aceno um casal que passa ao lado da sua porta. — Vamos descer?

— Só se for agora — concordo, me esticando no banco. — Sabe do que vou precisar logo?

Ela sorri e me fita em silêncio, esperando que eu diga.

— Uma massagem. Porque do jeito que minha coluna vai, ela não chega no Rio Grande do Sul.

Ela estreita os olhos, maliciosa, e isso me faz sorrir, compreendendo para onde foram seus pensamentos. Eu não quis sugerir que ela me fizesse a massagem, foi só um comentário em tom de brincadeira, mas agora considero mesmo uma boa ideia.

Quando ela percebe minha risada, alonga os braços e boceja, em uma tentativa de disfarçar, e eu meneio a cabeça. Camila é toda aventureira e decidida, é linda, e a cada segundo que passo ao lado dela, penso que não há uma única razão para não aproveitarmos mais o tempo que temos juntos.

— Parece que escolhemos bem — comenta, ao abrir a porta para descer.

Eu a acompanho, deixando para provocá-la com a ideia da massagem outra hora, e logo somos recepcionados por um senhor sorridente. Ele nos informa que estamos com sorte, porque geralmente é preciso reservar o espaço, mas, como ainda restam algumas vagas, a nossa falta de reserva não chega a ser um problema.

Depois de acertar com ele, começamos a nos organizar. Camila me ajuda com as mochilas e solta Alfredo, enquanto arrumo o espaço e começo a montar a barraca. Nossa vaga tem uma vista bacana das árvores e do céu.

No espaço comum, o camping é bem simples, mas tem tudo de que precisamos. Uma pequena cozinha, banheiros com água quente e uma lojinha de conveniência que vende salgadinhos e outras besteiras.

— Acho que pegamos um espaço bom. Bem perto da área comum, mas não tão junto da criançada correndo — comento, rindo ao ver que Alfredo já está longe, indo se enturmar com a garotada, que faz festa com o meu cachorro.

— Alfie vai se divertir aqui — Camila responde, vendo a mesma cena.

— Pronto. — Confiro meu trabalho com a barraca uma última vez antes de me dar por vencido. — Quer tomar um banho pra gente sair?

— Quero! Estou doida pra conhecer os pontos turísticos e tudo por aí, mas estou toda suada.

— Beleza, combinado.

Camila leva a mochila para o banheiro, e separo uma troca de roupas e minha toalha antes de também ir tomar uma chuveirada.

Quando termino, Camila ainda não voltou, então aproveito e pego o mapa da cidade na recepção do camping, para dar uma olhada.

O Jardim Botânico não fica longe, e só de lembrar da expressão dela no borboletário, já estou sorrindo, imaginando como Camila vai reagir desta vez. Com centenas de fotos, com toda certeza.

Sinto o cheiro dela antes de ouvir sua voz. Camila usa um perfume muito suave, mas meio cítrico, que me lembra tangerinas, e o aroma combina perfeitamente com o jeito livre, feminino e espontâneo dela.

Ergo os olhos e a vejo caminhando em minha direção. Ela traz a toalha nas mãos e a usa para secar o cabelo ainda úmido. Trocou a calça jeans por um vestido soltinho, e está calçando o mesmo par de All Star de oncinha que tem nos acompanhado.

— O que foi? — questiona ao perceber meu olhar em seus pés.

— Esse seu tênis de oncinha — falo, sorrindo —, é bem exótico.

Camila ri e dá uma voltinha na ponta dos pés.

— Assim como eu. E é *animal print*, seu desatualizado. — Ela revira os olhos. — Em viagens assim, temos que usar tênis, mas na hora de escolher, eu não pensei no fato de que iria repetir o tênis todo dia, e por isso deveria ter pegado um mais discreto — admite, com uma risada curta.

— E pra que discrição, né? As pessoas que vemos todos os dias são diferentes. Só eu sei do seu segredo do tênis do pantanal — brinco.

— Lá vem você implicando de novo! Acha que alguém pensaria de verdade que andei matando onças só pra usar tênis mais estilosos?

Ela se recosta ao meu lado e se inclina para ver o mapa.

— Não sei, você às vezes parece meio vilã...

Camila me cutuca com o ombro e solta uma risada. Seu cheiro assim tão perto é quase torturante, e quando seu braço encosta no meu por acidente, quando sinto a pele aveludada na minha, é impossível não pensar no beijo que trocamos e em como quero repetir a dose há dias.

— Já pensou para onde vamos?

— Pensei em começarmos pelo Jardim Botânico — comento, torcendo para que meu tom de voz não denuncie meus pensamentos nada inocentes. — Pelo que ouvi, é o lugar mais famoso da cidade.

Mila anui, animando-se ainda mais.

— Estava louca pra que dissesse isso, quero ver a estufa, e vou aproveitar pra...

Ergo a mão, interrompendo sua fala.

— Me deixa adivinhar! Quer aproveitar e tirar mais fotos?

Camila apoia as mãos na cintura e me fita com os olhos semicerrados.

— Que absurdo, Iago! Logo eu? — pergunta, mas seu rosto deixa claro que era exatamente o que ia dizer.

Com nosso passeio definido, voltamos para a caminhonete. Alfie está correndo pelo gramado com dois menininhos, e como o lugar tem uma política *pet friendly*, decidimos deixar que ele se divirta enquanto exploramos mais a cidade, uma vez que os donos do local garantiram que poderiam tomar conta dele por algumas horas.

O Jardim Botânico não fica longe do camping, e logo avistamos os portões de ferro trabalhado que dão acesso a ele. Encontro uma vaga por perto e estaciono, e nós seguimos a pé até a entrada principal. Um caminho de pedras nos leva direto à imensa estufa de vidro, o cartão-postal da cidade.

— Caramba, Iago... Ela é ainda mais bonita pessoalmente. — Camila já está com a câmera posicionada.

Concordo com um aceno de cabeça enquanto espero que ela fotografe à vontade. Camila faz mais algumas imagens antes de girar na ponta dos tênis e apontar a lente para o meu rosto. Essa garota...

— Vamos entrar?

Ela me puxa pela mão e me arrasta para dentro da estufa. Sorrio ao perceber o quanto esse jeito dela, leve, desinibido e aventureiro, que tanto me incomodava no início, agora me atrai. No fundo, sei bem que havia uma tristeza em seu olhar, mas, aos poucos, ela parece ir se transformando, libertando-se do luto antes tão presente em seus olhos.

Dentro da estufa, há uma variedade de plantas, acho que a maioria delas eu nunca tinha visto. O ar tem cheiro de terra úmida e de flores.

— Bendita borboleta que me fez te aceitar na minha vida, esfomeado — Camila comenta, balançando a cabeça de um lado para o outro ao analisar o lugar.

Sorrio, convencido. Eu mesmo não poderia estar mais feliz por tudo que aconteceu desde então.

— Pode admitir, aquela carona era tudo que você queria e não sabia — provoco.

— Sempre um poço de humildade, né? — Ela ri, se divertindo às minhas custas. — Me refiro à sua versão guia turístico, seu convencido. Você sabe escolher os melhores lugares pra gente ir!

Camila enquadra uma foto perfeita, pegando o reflexo do sol no vidro.

— As paisagens... — Ela deixa a frase morrer, e não perco a oportunidade.

— A que você mais gosta de fotografar é o meu rostinho.

Camila se vira, boquiaberta.

— A-há! Admiro quem tem essa autoestima, mas às vezes é interessante fingir que não se acha a última Coca-Cola do deserto.

— Nunca ouviu dizer que quem fala demais só está precisando se reafirmar?

Camila faz um muxoxo antes de tirar outra foto minha, dessa vez me pegando com a boca aberta no meio de um bocejo.

— Você tá liberado pra se achar, Iago. Eu deixo.

Enquanto assimilo o fato de que ela acabou de dizer que me acha bonito, com outras palavras, claro, Camila já está focada nas plantas próximas.

Passamos mais algum tempo explorando o espaço antes de voltarmos para a caminhonete. Ainda é cedo para voltarmos ao camping, então resolvemos ir tomar um sorvete.

Tomando a frente, Mila escolhe um pote de pitaya e gengibre, e recebo a decisão com uma careta.

— Essa é nova — sussurro, apavorado com a escolha —, deve ser uma porcaria.

— Por isso mesmo que escolhi... — A garota me ouviu. — Não estamos experimentando várias coisas novas? Pois então, vamos comer coisas diferentes.

— E não podia ser um trem mais gostoso?

— Você nem provou ainda. Deixa de ser implicante.

Ela abre o pote no carro mesmo, e enche a colher para levar até a boca.

— Eu tinha razão, é muito bom!

Faço careta, obviamente duvidando.

— Pitaya tudo bem, mas gen...

Não consigo concluir, porque minha boca é invadida por uma generosa porção do sorvete esquisito. É menos pior do que o esperado, o gengibre é bem sutil, mas não posso dizer que acho delicioso.

Camila me chama de chato e continua tomando sozinha, mas, lá pela metade, o abandona todo derretido, me fazendo rir. Ela só não quer admitir que também detestou.

Decidimos aproveitar o tempo e ir até o Museu Oscar Niemeyer, em vez de voltarmos tão cedo para o camping, por isso faço um desvio. Mesmo do lado de fora, a arquitetura única do lugar é impressionante.

— Parece um olho gigante e suspenso — Camila fala, com o cenho franzido.

— Acho que é pra parecer.

Já do lado de dentro, podemos ver várias exposições de arte moderna. Museus não são minha primeira escolha quando viajo, costumo achar tudo muito parecido e acabo fazendo tours bem mais rápidos do que as estimativas, mas Camila parece ter um sentimento diferente. Ela passa um bom tempo diante de cada obra, analisando com olhos críticos.

— O que está achando? — pergunto, para ver se ela está mesmo curtindo tudo.

Ela dá de ombros.

— Depende da obra.

— Depende?

— É. — Ela sorri. — Essa aqui, por exemplo, você entende o que o artista quis dizer?

Meneio a cabeça, um pouco constrangido e me sentindo meio burro.

— Aqui diz que ele quis expressar a insignificância do homem — ela lê na placa.

Dou uma boa encarada em nosso objeto de estudo, mas tudo que vejo é um pedaço de latão retorcido, com umas manchas que poderiam muito bem ser ferrugem. Ou fezes.

— Hum... E você acha que ele está certo?

Camila se vira para mim, muito séria.

— Acho. Errado foi o médico que deu alta pra ele.

Rindo da minha cara de paspalho, ela me arrasta para a parte em que estão expostas as fotografias e então suspira audivelmente.

— Agora, sim, estou em casa — ela diz, olhando as imagens em preto e branco. — Sabe de uma coisa? Talvez eu devesse fotografar em preto e branco mais vezes. — Ela parece pensativa.

Dou de ombros.

— Eu gosto, mas, se quer saber, suas fotos são muito mais bonitas.

Camila me olha como se eu fosse doido.

— As minhas não estão expostas em um museu.

— Ainda não, Mila. Ainda não.

Depois de um tempo caminhando pelo lugar, seguimos até o centro histórico, que é bem mais a minha cara.

Em uma praça, encontramos uma catedral imponente, com estilo neogótico, e decidimos entrar para dar uma olhada, nos impressionando com toda a estrutura.

Caminhamos pelas ruas de paralelepípedos, que contrastam um pouco com toda a modernidade de Curitiba, e, em meio a esse passeio um pouco sem rumo, me dou conta de que estou morrendo de fome.

— O que quer comer?

Camila me olha, parando de andar.

— Ainda bem que perguntou, minha barriga já tá roncando.

Ela olha ao redor, em busca de algum estabelecimento que a interesse.

— Você pesquisou algum lugar? — ela pergunta.

— Mais ou menos, ouvi dizer que o Mercado Municipal tem umas coisas diferentes, já que você anda toda desbravadora de novos sabores.

A ideia parece despertar a Mila aventureira.

— É perto daqui?

— Se formos andando, vai levar um tempinho, mas podemos pegar a caminhonete e aí chegamos em poucos minutos.

De volta ao trânsito, pego o caminho rumo ao mercado e, como previsto, não demoramos a chegar.

O ambiente todo é cheio de vida, cheiros e cores. É engraçado como esses mercados podem ser tão parecidos em todas as cidades e, ao mesmo tempo, diferentes em todas as coisas que oferecem, muito específicas de cada região.

Como Camila quer viver a experiência, acabamos nos decidindo por um restaurante que serve pratos típicos da culinária paranaense.

— O que quer provar? — pergunto, olhando o cardápio. — Olha, Mila! Tem carne de onça — falo, sugestivo. — Você, seu tênis...

Ela me lança um olhar ferino.

— Eu já falei, nenhum animal foi ferido durante a confecção deste calçado.

Rindo da cara de irritação que ela faz, volto a olhar as opções e acabo decidindo entrar na onda: opto por um barreado. Pelo que diz a internet, é um prato tradicional feito com carne cozida e farinha de mandioca, e Camila resolve me acompanhar.

Quando nossa comida chega, espero que ela experimente antes de começar a comer.

— E aí? Está aprovado? — pergunto, tentando ler suas feições.

— Definitivamente aprovado — ela responde, aquiescendo. — Ainda bem que a gente veio pra cá, está delicioso.

Depois de ela ter dito o mesmo do sorvete, não me deixo levar pelo seu gosto suspeito, mas, quando dou a primeira garfada, me sinto aliviado por estarmos de acordo desta vez.

Quando terminamos de comer, já são mais de quatro horas, e resolvemos deixar os outros lugares para conhecermos depois.

Voltamos para o camping, nos preparando para mais uma noite sob um manto estrelado, com mais uma dúzia de boas lembranças acumuladas. Mesmo assim, um pensamento incômodo me alcança, e me dou conta de que a cada dia que passamos juntos, estamos um dia mais perto de nos separarmos.

20

Camila

Acabamos nos juntando aos outros campistas em volta de um fogo de chão. Um rapaz de boné vermelho trouxe um violão, e, enquanto ele toca, as pessoas tentam acompanhar com uma cantoria conjunta.

Iago e eu nos sentamos em cima de uma mantinha no gramado e fazemos nosso melhor para socializar. Alfredo não precisa de ajuda nesse quesito, porque, desde que chegamos, está desesperado para dar conta de toda a atenção que recebe das crianças.

O céu estrelado e a lua cheia deixam o chão do camping muito claro, dispensando os postes de luz. Abraçada aos meus joelhos, me movo sutilmente de um lado para o outro, no ritmo da música.

Ainda me ocorre uma sensação estranha de vez em quando, a de me sentir em um sonho. Não no sentido de que é tudo maravilhoso, mesmo sendo, mas de literalmente estar sonhando.

Acho que viver tantos anos em uma mesma cidade, apenas imaginando viajar e fazer todas essas coisas, transformou meus objetivos em coisas utópicas demais na minha cabeça, e agora que as estou vivendo, mal consigo acreditar. Estou aqui, cantando com desconhecidos em volta de uma fogueira, em outro estado. E, de brinde, veio Iago.

Olho de canto para ele, aproveitando o fato de que está distraído com algo que disseram sobre a música. Ele foi a mais grata surpresa. Divertido e lindo, instigante e protetor, tudo aquilo que eu nem sabia que desejava. Ao mesmo tempo que me sinto incrível ao lado dele, tudo isso me desperta um certo temor.

Me apaixonar nunca fez parte dos planos. Na verdade, eles sempre foram o inverso disso. Me descobrir, viajar, me dedicar a fazer tudo aquilo que tivesse vontade e ser livre, não permitindo que ninguém me prendesse ou frustrasse meus sonhos.

Me envolver em um nível mais profundo dá medo, principalmente quando penso em minha mãe e em todas as suas decepções. Por outro lado, me pego tentando adivinhar o que se passa na cabeça de Iago, querendo me envolver mais, ansiando por uma abertura maior, por algo sem data de validade e com mais do que alguns beijos.

É, eu nunca disse que era fácil viver na minha mente ou que eu não era confusa...

Acho que ele sente que o estou observando, porque de repente volta o rosto para mim.

— O que foi? Admirando sua paisagem favorita?

— Algo assim — respondo, com um sorriso.

Nossas mãos sobre a manta estão bem perto agora, e sei que, se eu me mover apenas um pouquinho, posso segurar seus dedos entre os meus. Fizemos isso tantas vezes, mas nunca em momentos assim, e, por alguma razão, me parece diferente, e isso me impede de me mover.

Iago parece notar meu impasse, seus olhos estão presos aos meus quando ele segura minha mão e entrelaça nossos dedos.

— Eu também gosto de te olhar, sabia?

O tom dele é de diversão, mas não consigo sorrir quando ele ergue a outra mão e afasta uma mecha do meu cabelo para trás da orelha. Não quando o simples roçar de seus dedos em meu pescoço é capaz de enviar ondas elétricas por todo o meu corpo e arrepiar a minha pele.

— Adoro as sardinhas do seu rosto — ele sussurra, e sua voz é tão sincera que me faz pensar em como algo que sempre detestei em mim pode ser motivo de admiração para ele.

Iago toca a ponta do meu nariz, e eu engulo em seco, sem saber lidar com a intensidade de seu olhar.

— E adoro os seus olhos, mas imagino que saiba como eles são incríveis. Lindos, sei lá, tem umas pintinhas marrons que fazem com que pareçam uma pintura...

O rosto dele está mais perto agora, e tenho receio até de respirar mais profundamente, como se qualquer movimento bastasse para quebrar o encanto desse instante.

— E o seu cabelo, solto. O vento sopra, e ele forma uma bagunça tão... sexy. — Iago toca meus lábios com a ponta do dedo, e eu os entreabro. Meu peito sobe e desce com a respiração se agitando, e meu coração agora bate tão forte que tenho medo de que ele possa escutar. — E essa sua boca... Ando sonhando com ela.

Quando ele vence o que resta de distância entre nós, sua boca desce sobre a minha em um beijo que é o estopim de tudo o que veio antes e o prelúdio do que ainda está por vir. Nossas línguas se enroscam, ansiosas, enquanto as mãos dele, agora livres, alcançam meu rosto e o seguram, como se ele tivesse medo de que eu me afastasse.

Me afastar...

Logo quando o que mais quero é me colar a ele, me fundir a ele.

Nunca senti algo parecido, e isso me encanta e me assusta na mesma proporção. Iago é quem aos poucos consegue diminuir o ritmo do nosso beijo, distribuindo alguns selinhos em meus lábios. Ele sorri antes de se afastar.

Só então me lembro de que estamos em um lugar público, rodeados de pessoas, e que talvez esse beijo tenha sido intenso demais para o ambiente.

Nossa decisão de ir até as Cataratas do Iguaçu não foi nada complicada. Apesar de sairmos da rota, esse é um desvio que tanto Iago quanto eu não hesitamos em fazer. E, quando elas finalmente aparecem diante de nós, tenho certeza de que fizemos a escolha certa.

Estar aqui é como estar dentro da obra-prima de um artista. Eu já havia visto fotos e vídeos, mas nada me preparou para sentir a força surreal das quedas d'água, as imagens não conseguem retratar a grandiosidade delas.

A energia que vem das cataratas envolve tudo, o som é ensurdecedor, e o fluxo ininterrupto ressoa tão alto que, por vezes, parece ecoar dentro do meu peito.

Caminhamos pela trilha que vai nos conduzir ao mirante, e me sinto ser envolvida por uma adrenalina crescente, diferente de tudo que já experimentei até agora.

Iago segue ao meu lado, e noto pelo seu silêncio contemplativo o quanto ele também está impressionado. É uma mescla de empolgação e encantamento.

Quando nossos olhares se cruzam, apenas meneio a cabeça, por falta de palavras.

— Eu não esperava tanto — ele diz, e sua voz sai abafada por causa de todo o barulho.

Estou pensando nas fotos. Eu gostaria de registrar, e com toda certeza vou fazer isso, mas olhando para as quedas consigo aceitar que nunca uma fotografia vai conseguir captar o que é pisar aqui, mesmo porque não é apenas o visual, é o conjunto todo: o som, as sensações, a energia de estar envolta pela natureza.

Caminhamos juntos até uma passarela, e aí avançamos em direção às quedas. Nesse ponto, a água vem de todos os lados, e as gotículas criam uma névoa no ar ao nosso redor. Aliás, não só ao nosso redor: elas começam a nos molhar, respingando por toda a parte. À medida que avançamos, o que parecia apenas um spray refrescante, contrastando com o calor do dia, vai ficando mais... molhado.

Começo a rir quando o vento muda de direção, e dou um salto para o lado, tentando escapar de um jato de água, mas é inevitável. Ele nos molha da cabeça aos pés.

— Não sei de que serve essa capa de chuva — Iago fala, alto para que eu o escute —, até minha cueca está molhada!

Concordo com um aceno e, quando o vejo retirar a capa, decido fazer o mesmo, já que está sendo inútil mesmo.

— O que nos resta é mergulhar, Mila — ele fala, me estendendo a mão. — Já estamos encharcados de todo jeito.

Ensopados, como diria minha mãe, seguimos em frente pela passarela estreita, até chegarmos bem no centro das cataratas. A água cai com uma força colossal a poucos metros de nós, é de uma beleza aterradora. Incrível, tão maravilhoso que chega a ser assustador. Mas cada gota que respinga sobre mim me deixa mais leve, como se estar aqui fosse o bastante para remover aquela tristeza, a dor do meu luto. Como se a água lavasse a alma e renovasse minhas forças.

Eu sorrio quando vejo que Iago está com os olhos fechados. Soltando minha mão, ele abre os braços, recebendo a chuva de pingos sobre si com um sorriso que se alarga a cada instante, até se tornar uma gargalhada contagiante. Quando me dou conta, estou rindo junto. Ele abre os olhos e me puxa para perto. Seu semblante também parece bem mais leve.

— Eu não sabia que precisava tanto disso.

A expressão dele é suave, mas profunda, e faz meu coração acelerar de um jeito diferente. Ficamos aqui, parados por um momento, apenas nos fitando, enquanto tudo ao nosso redor é água.

Uma outra rajada de vento nos atinge, e isso nos desperta do transe. Ainda sorrindo, Iago me puxa para fazermos o caminho inverso, e, por fim, encontramos um lugar mais tranquilo, onde não corremos o risco de sermos arrastados pelo vento e pelas quedas d'água.

De onde estamos, podemos ver a Garganta do Diabo, a mais impressionante das quedas. É a coisa mais maravilhosa que eu já vi, me faz sentir minúscula, como se o mundo fosse acabar em água.

Tiro a câmera da bolsa à prova de água em que a guardei e finalmente, depois de aproveitar muito o momento, tiro algumas fotos para recordação, mas logo eu a guardo, porque sinto que quero só ficar parada, vendo e sentindo tudo.

— Parece que não existe mais nada, não é? — Iago fala, e recosto a cabeça no ombro dele naturalmente, com uma intimidade que o lugar parece ter nos dado. — É tão grande, tão imponente, que...

— Você se sente minúsculo — eu completo.

Iago aquiesce, e eu me afasto para olhar para ele. Seu cabelo está pingando, os olhos se voltam para os meus, e, de repente, quase sem perceber, eu me movo, sem resistir ao magnetismo entre nós, sendo arrastada por uma correnteza que não tem a ver com as cataratas.

Me aproximo mais e o beijo. Assim como ontem à noite, um beijo intenso, como se isso não fosse mais o suficiente, porque queremos mais. Sinto o gosto da goma de mascar de menta na boca dele e o frio das gotas de água. Ao mesmo tempo, me deixo levar pela sensação de que aqui não há o que temer, não existem receios quanto ao nosso envolvimento, porque é só um recorte mágico. Estamos fora do alcance do mundo e de interferências externas.

Quando nos afastamos, respiro com um pouco mais de dificuldade.

— Isso foi... — Iago começa a falar, mas não parece encontrar as palavras certas.

— Inesperado?

— Foi incrível — completa, com um sorriso. — Fica cada vez melhor.

Preciso admitir para mim mesma que não estou sentindo apenas atração, é algo mais forte. Talvez seja uma paixão igualmente passageira, mas muito mais intensa. Não posso dizer que gosto de assumir isso, mas é a verdade, e, enquanto fazemos a trilha de volta, me pego mais uma vez questionando os pensamentos de Iago.

De vez em quando ele me olha, e há uma suavidade que não estava ali antes, uma que consegue me desarmar um pouco. Agora, a luz do sol começa a diminuir, e o céu passa de azul para tons fortes de laranja, indicando que o dia está perto de terminar. Quando chegamos à saída, me despeço do lugar com a certeza de que esse dia vai ficar para sempre na minha memória.

— Acha que algum lugar vai superar esse aqui? — pergunto, colocando em palavras um pensamento fugaz.

— Nessa nossa rota? Sinceramente, não sei — Iago responde, pensativo. — O Brasil tem paisagens indescritíveis e, se considerar o mundo todo, então são muitas mais. Mas cada lugar é único e deixa uma marca.

— É isso, você está certo — concordo, com a sensação nostálgica que já ameaçava se instaurar, dando vazão à expectativa. — Pronto pra seguir em frente?

Iago anui.

— É, acho que finalmente estou pronto.

Sua resposta é enigmática, e franzo o cenho ao compreender que ele não está se referindo à viagem. Talvez esteja pronto para compartilhar mais de si mesmo.

O que me resta é descobrir se eu estou pronta para ouvir e me apegar ainda mais a Iago e a quem ele realmente é.

21

Iago

Enquanto deixamos o estado do Paraná, sei que não somos mais as mesmas pessoas que chegaram até aqui. Algo em nossa relação mudou, progrediu, mas não sei se Camila pensa da mesma forma, considerando o quanto nossas vidas são diferentes no dia a dia.

Estamos na estrada há algumas horas, e a música enche a caminhonete. Como era de esperar, Camila já está vasculhando a bolsa à procura dos tampões de ouvido, o que não é nenhuma novidade. Somos diferentes em muitas coisas, e o gosto musical parece ser a principal delas.

— Você não gosta mesmo? — pergunto, achando graça de sua reação.

Camila me lança um olhar de lado e faz careta quando o solo começa, como se o som da guitarra distorcida fosse o maior dos seus problemas. O meu, no entanto, é a chuva que cai do lado de fora, que me faz desacelerar e dirigir com atenção redobrada, tentando desviar dos buracos e enxergar direito.

— Confesso que já odiei mais, mas ainda é bem irritante — ela diz, com uma risadinha. — Sua cabeça não pede por algo mais calmo algumas vezes, não? Não dá pra relaxar com esse trator roncando no meu ouvido o tempo inteiro!

Meneio a cabeça, indignado com a descrição que ela faz da música.

— Não dá pra pegar estrada com música calma, eu dormiria no volante — rebato, me justificando. — Eu prefiro ficar acordado.

Claro que é um exagero. Eu gosto mesmo é da sensação de liberdade que o rock traz. Enquanto dirijo com o som ligado, sinto como se a estrada fosse só minha, e o ritmo pesado me deixa alerta e faz com que eu me sinta vivo.

— Eu entendo — Camila fala, aquiescendo —, não é que eu adore as músicas, mas consigo entender por que você gosta tanto. Por outro lado, eu adoro dormir na estrada — completa, apontando para os tampões que acaba de encontrar.

— Isso porque você pode.

Ela sorri, sem vergonha nenhuma de assentir.

— E esse negócio abafa mesmo o som? — pergunto, curioso.

— Bastante. Ainda consigo ouvir se você me chamar bem alto, mas, de modo geral, eles abafam muito do som externo.

— Tá bom, mas vou abaixar um pouco pra você pegar no sono.

Estendendo a mão, diminuo um pouco do volume, o suficiente para que não seja um incômodo. Camila ajeita uma blusa de frio sob a cabeça, fazendo-a de travesseiro, e se recosta no vidro da janela fechada. Com os tampões no lugar, ela fecha os olhos e se prepara para tirar um cochilo.

A estrada está bem vazia, deserta até demais. Estamos em algum lugar no interior do Paraná, pelo que dizia o GPS na última vez em que olhei. Ainda faltam algumas horas até Santa Catarina, mas agora não consigo saber com precisão, pois estou sem sinal de internet.

— Esse lugar parece o fim do mundo — comento comigo mesmo, já que Mila está no sétimo sono. — Só falta uma vaca atravessar a estrada.

Não é o que acontece, mas ainda me repreendo pela minha boca grande por muito tempo depois disso. Primeiro, ouço um estrondo seco, e em seguida um som metálico agudo. O volante vibra nas minhas mãos, e o carro começa a trepidar, puxando violentamente para a esquerda. Meu coração dispara enquanto luto para manter o controle. Respiro com dificuldade, sentindo uma onda de pânico.

— Que droga é essa? — grito, e me esforço para corrigir a direção enquanto a caminhonete dança um pouco na pista.

Camila abre os olhos, apavorada e se agarra ao banco.

— O que está acontecendo?

Sequer consigo responder, meus pensamentos estão todos concentrados em dominar o carro e conseguir que ele pare. Por fim, a velocidade diminui, e, derrapando um pouco na pista molhada, consigo desviar o veículo para o acostamento e parar por completo. Meu peito sobe e desce, e minhas mãos tremem enquanto tento respirar com calma e me convencer de que está tudo bem.

— Não sei — respondo finalmente, ainda agarrando o volante com força. — Vou sair e dar uma olhada, acho que...

Tirando o cinto, ligo o pisca-alerta e saio para ver o que pode ter acontecido. A chuva cai forte agora e me molha por completo, mas o frescor dela atinge minha pele com um poder calmante. Por um momento, pensei que fôssemos capotar.

Dou a volta no carro, mas não é difícil encontrar o desastre. Não apenas um, mas dois pneus furados, um em cada lado. Andando um pouco para trás, consigo encontrar o buraco responsável por isso, uma cratera no meio da estrada, que, por conta da chuva, se encheu de água, tornando impossível que eu o visse antes e me desviasse.

— Ótimo! — bufo, chutando uma pedra no asfalto. — Dois de uma vez só. Maravilha!

Camila também sai do carro, cobrindo a cabeça com a jaqueta enquanto corre até onde estou.

— Foi o pneu? — pergunta, a voz soando abafada em meio à chuva.

— Foram dois! Dá pra acreditar?

Ela abre a boca para responder, mas seus olhos pousam no buraco que ocasionou tudo isso.

— Passamos nisso aí? — Ela aponta para o abismo na rodovia.

— Não tinha como evitar, é uma armadilha! — completa, balançando a cabeça, frustrada.

— Pois é, vamos ter que chamar um guincho — conto, sem um pingo de animação. — Só tenho um estepe. Mas... — olho para o celular e confirmo o complemento da desgraça — ... não tem sinal aqui, é claro.

— Sério? — Camila alcança o próprio celular no bolso e encara a tela, desanimada. — Só pode ser brincadeira...

— Acho que vou andar um pouco, ver se dá rede mais pra frente — sugiro, já saindo da beira da estrada.

Camila pondera, trocando o peso do corpo de uma perna para a outra.

— Vou com você.

Caminhamos alguns metros, enquanto mantenho o celular para o alto, como se isso fosse aumentar as chances de encontrar sinal. Depois de alguns minutos andando, finalmente aparecem dois tracinhos, indicando rede. Ligo para a seguradora e consigo falar com um atendente. Explico o que aconteceu, enquanto Camila espera sob a chuva, ansiosa. O rapaz me informa que o guincho vai demorar cerca de duas horas para chegar até aqui.

Claro que vai.

Quando desligo e informo isso a Camila, ela reage indignada, como era de esperar.

— Duas horas? Vamos ter que ficar aqui na estrada esse tempo todo! E está anoitecendo... — choraminga.

Estou preocupado também. Não vamos ter sinal quando voltarmos para a caminhonete, e se a seguradora tentar entrar em contato, não vamos saber. Além disso, ficar estacionado à noite no lugar em que estamos pode ser perigoso, mas não há muito o que fazer.

— Iago! — ela chama de repente, o rosto se iluminando.

— O quê? — Desvio o olhar para a direção em que ela aponta, e então eu vejo.

Uma placa, indicando uma pousada. Não está na beira da estrada, então provavelmente teríamos que andar alguns metros até encontrar o lugar, mas poderíamos passar a noite e pedir que o guincho nos buscasse pela manhã.

— Acha que é uma boa ideia?

Camila dá de ombros.

— Não sei, mas com essa chuva e de noite...

— Tem razão, vamos tentar.

Ela aquiesce, concordando comigo.

— Mas preciso me trocar antes de entrar nesse mato — Camila fala, fazendo careta.

Em qualquer outra situação, eu discordaria, mas ela está usando short e rasteirinhas, e a estradinha de terra indicada pela placa deve estar tomada pelo lamaçal.

— Se troca lá na caminhonete, eu espero aqui. Quando estiver pronta, pegamos o Alfie e vamos.

Assentindo, ela se distancia, correndo em direção ao carro. Meu telefone vibra em minha mão, com várias notificações perdidas. Minha mãe me ligou algumas vezes, também há mensagens dela. É incrível como ela parece pressentir as coisas.

Resolvo aproveitar o sinal e retornar a ligação enquanto espero Camila voltar.

22

Camila

No conforto da caminhonete, observo a chuva que cai incessantemente do lado de fora. A placa que vi indica uma pousada, mas, para chegar até lá, vamos precisar caminhar um pouco por uma estrada de terra, que a essa altura deve ser pura lama. O vento está forte, e a chuva, gelada, então sei que vou morrer de frio se não me trocar antes.

Abro a mochila e reviro tudo lá dentro, procurando por uma calça mais quente e meus tênis. Como saí na chuva com a jaqueta na cabeça, agora ela também está molhada, mas não tenho outra e não adiantaria, porque também iria ficar encharcada em poucos minutos.

É bem estranho trocar de roupa no carro, e me abaixo um pouco para que ninguém possa me ver, embora não estejam passando carros por aqui. Tiro o short e visto a calça, erguendo o quadril do banco para facilitar o trabalho. Depois coloco as meias e calço os tênis. Visto a blusa molhada e puxo o capuz dela para cobrir a cabeça.

Guardo minhas coisas na mochila e confiro se está tudo dentro dela antes de sair, não quero ter de voltar para a caminhonete depois de entrar naquela trilha lamacenta.

— Você espera aqui só um pouquinho, Alfie. O Iago já vem te pegar, tá?

Obviamente não recebo resposta, nada além de um olhar curioso. Por fim, saio do carro, e sinto a água fria cair em gotas grossas sobre meu rosto. Busco Iago com os olhos e o encontro no mesmo lugar em que o deixei, mas de costas para mim, enquanto conversa ao telefone.

Tento acenar, gesticulando com a mão para chamar sua atenção.

— Iago!

Quero avisar que ele pode vir buscar Alfie e suas coisas, mas, com o barulho alto da chuva, ele não me ouve. Fechando a porta, corro para junto dele, mas quando já estou bem perto, ouço a conversa, algo que claramente não deveria escutar.

— Não precisa, não. É só diversão, nada sério.

Meu coração erra uma batida. Ele não está falando de mim, está?

Caminho hesitante mais alguns passos, sem que ele perceba que estou tão perto.

— Você não ia querer conhecer, a Camila é chata pra caramba. Eu só ofereci uma carona e acabou dando nisso. — Ele dá uma risadinha, e o som me corta como se fosse uma lâmina.

Sinto um nó se formar na garganta, e meus olhos começam a se encher de lágrimas. Eu só posso ser muito burra mesmo! É claro que ele veria isso apenas como diversão, quantas vezes eu repeti para mim mesma que era algo casual? Mas, por algum motivo, fui idiota o bastante para acreditar que as coisas tinham mudado, que tínhamos passado por muita coisa e que algo mais importante estava acontecendo aqui.

Mas não, foi apenas uma estupidez, e provavelmente tudo o que ele queria era me levar pra cama. Cada palavra que sai da boca dele parece um soco na boca do meu estômago.

Estou parada no lugar, congelada, ainda sem querer acreditar no que estou ouvindo, mas é isso, Iago está sendo sincero, rindo e falando como se fosse a coisa mais natural do mundo, porque é o que ele realmente pensa.

Por fim, ele se vira, ainda com o telefone na mão, e seus olhos encontram os meus. Seu corpo se mantém estático por um segundo, e o sorriso morre em seu rosto. Me sinto ainda mais boba quando as lágrimas que estava segurando começam a descer pelo meu rosto. A expressão dele muda de surpresa para culpa, e ele abre a boca, tentando buscar alguma justificativa para o que acabo de ouvir.

— Camila, eu...

Não quero ouvir nenhuma desculpa, nenhuma mentira. Meu peito está apertado, como se o ar estivesse faltando, e, na verdade, ele não é o único culpado. A verdadeira culpada sou eu, por ter me envolvido em algo que deveria ser irrelevante. Sem dizer uma palavra, me viro e atravesso a rodovia com passos rápidos. Seguindo a direção apontada pela placa, eu entro na estradinha e sinto o chão lamacento ceder sob meus pés.

Iago grita meu nome, mas não paro. Sei que ele vai me alcançar, sei que vamos passar a noite na mesma pousada, mas, ao menos por ora, não quero ter que olhar para a cara dele. Iago ainda precisa voltar para a caminhonete, pegar suas coisas e buscar Alfie, o que me dá alguns minutos de vantagem.

As poças de água são inevitáveis na estrada, mas consigo perceber que há uma trilha que passa pelo mato, bem à minha esquerda, seguindo na mesma direção. Talvez com a grama assentada eu me suje menos, e ainda posso me esquivar de Iago até chegar à pousada. Não vou falar com ele hoje; talvez eu faça isso amanhã, quando conseguir colocar minha cabeça no lugar e dar uma resposta menos sentimental para aquele babaca.

Um idiota completo! Se ele acha que com aquele sorriso e aqueles... braços fortes, vai conseguir me levar para a cama e me envolver, está muito enganado. Essa palhaçada acaba aqui!

Desvio de um tufo de mato alto, que quase acerta meu rosto, e sigo em frente, desbravando o caminho enquanto a chuva parece engrossar. As lágrimas de raiva embaçam minha visão, então a culpa pelo que se segue pode ser atribuída a Iago também. Não vejo a porcaria do tronco até tropeçar nele e cair de cara no chão. Solto um grito de dor e olho para trás, vendo meu tornozelo rapidamente se tornar uma bola.

Droga! Era só o que faltava acontecer.

23

Iago

Eu a vejo se afastar em direção à pousada, enquanto fico aqui, me sentindo um imbecil. Camila já está longe quando decido buscar Alfredo e minhas coisas antes de ir atrás dela.

Que droga, não esperava que ela ouvisse a conversa com minha mãe, o que com certeza pareceu muito pior do que a realidade. Escolhi muito mal as palavras, mas era só uma tentativa de tirar a minha mãe do meu pé.

Desde que ficou sabendo que eu estava viajando com uma mulher, ela não me dá sossego, insistindo para conhecer Camila, e me lembro muito bem da reação dela na fábrica de chocolates, se escondendo para não aparecer na chamada de vídeo.

O que eu deveria ter dito? Podia ter falado a verdade, que ainda estamos descobrindo o que está acontecendo. Mas, conhecendo minha mãe, sei que não seria o bastante para que ela parasse com as perguntas.

Xingo mais uma vez, agora mais alto, enquanto volto correndo para a caminhonete. Abro a porta do passageiro e Alfredo salta para fora antes que eu consiga segurá-lo. Ele late, talvez irritado por ter ficado esperando, e me apresso para colocar a coleira em seu pescoço.

Pego a mochila às pressas, jogando meus pertences dentro dela de qualquer jeito. Não tenho tempo para ser cuidadoso. Tranco a caminhonete e saio, ciente de que, se Camila não parou e não voltou atrás até agora, ela está muito irritada, e com toda razão. Em meio à chuva, corro até a saída para a estrada de terra, com Alfie me acompanhando.

Minha mãe tem feito muito isso, e eu sei que não é por mal, é preocupação e carinho, mas ela ultrapassa os limites, se intrometendo em tudo, e eu tento ser compreensivo, porque sei o que a deixou assim. Quer dizer, ela já era um pouco assim mesmo antes, mas de um ano pra cá... Quando falei que essa história com a Camila não era séria, só queria que ela parasse de insistir para que eu as apresentasse, mas a forma como soou, principalmente a última parte... Inferno, eu fui um babaca completo.

Ando rápido, por sorte Alfredo é ainda mais veloz que eu.

— Camila! — grito, procurando por ela.

Não sei se ela já está chegando à pousada a essa altura, mas não está à vista. Procuro por qualquer sinal dela entre as árvores e o mato alto que cerca o caminho. Onde foi que ela se meteu?

E então, eu escuto. Um grito, curto e agudo, vindo da minha esquerda, e reconheço a voz dela na mesma hora. Corro na direção do som, meu coração disparado no peito.

— Camila! — chamo, buscando resposta enquanto desvio de galhos e pedras, mas o chão irregular e as poças de água dificultam meu avanço.

Ouço outro barulho, agora mais fraco, como um resmungo de dor, e, olhando mais à frente, finalmente a vejo. Camila está sentada no chão, a perna encolhida enquanto encara o pé com uma expressão de dor, que se mescla à de raiva.

— Você está bem? — pergunto, me aproximando e me ajoelhando ao seu lado.

Ela ergue o olhar e me encara, furiosa. Meu peito se aperta ainda mais. Camila já estava brava, e eu havia feito besteira, mas saber que ela se machucou por minha culpa faz com que eu me sinta ainda pior.

Alfredo late ao meu lado, e ela desvia os olhos para ele, fitando-o de maneira bem mais amigável. Ela está segurando o tornozelo, e percebo que o lugar está começando a inchar.

— Pareço bem pra você, Iago? — Ela praticamente rosna, puxando o pé para mais perto. — Mas não preciso de ajuda. Pode me deixar em paz que eu me viro sozinha.

Ignoro o que ela está dizendo. Sei que está magoada comigo e que precisa de espaço agora, mas não tem a menor chance de eu concordar em deixá-la aqui.

— Não faz assim, Camila, você se machucou. Sei que está brava, mas me deixa ver o que aconteceu — falo, com mais calma do que estou sentindo, e estendo a mão para o tornozelo dela.

Ela se afasta, ou pelo menos tenta, arrastando o corpo um pouco para trás e soltando um gemido com o movimento.

— Não encosta no meu pé! Eu vou chegar até a pousada e cuidar disso.

— Eu só quero ajudar.

— Por quê? Não precisa perder mais tempo com essa chata aqui — responde, com o tom cheio de sarcasmo.

Fico em silêncio por um segundo, sentindo o peso das palavras dela. Respiro fundo, tentando encontrar a forma certa de me explicar e de me desculpar.

— Eu não quis dizer aquilo, só falei porque minha mãe não parava de insistir em te conhecer, queria que ela parasse de pressionar — explico, ciente de que parece mentira, embora não seja.

Camila ri, mas é um som seco, sem nenhum traço de humor.

— Não precisa justificar, Iago. — Ela dá de ombros. — Você só disse a verdade, a gente não tem nada mesmo. E quanto a ser chata, até consigo entender que pense assim, você queria viajar sozinho e de repente tem uma companhia indesejada. Pode ficar tranquilo que vou me virar de agora em diante.

A maneira como Camila diz tudo isso me atinge mais do que eu gostaria de admitir, e uma sensação incômoda se instala no meu peito.

Não é a ameaça de ir embora, porque espero contornar isso, e talvez não sejam as palavras, mas o tom indiferente que ela usa... É como se realmente não se importasse, como se tudo o que rolou entre nós não significasse nada para ela.

Prefiro ficar quieto a dizer coisas das quais eu possa me arrepender, e agora não é hora para discutirmos aqui, embaixo de chuva. Apenas por isso, suspiro, passando a mão pelo cabelo, e mudo o foco.

— Falamos disso depois. Primeiro, vou te tirar daqui.

Estendo a mão para ela novamente, e dessa vez, ainda que relutante, ela aceita. Camila se apoia em mim para ficar de pé, e então ofereço o braço. Mesmo me lançando um olhar fulminante, ela o segura por falta de opção, mas quando tenta dar o primeiro passo, choraminga de dor, e seu rosto se contorce em uma expressão de pânico.

— Droga — murmura, e sinto seu aperto forte em meu braço.

Antes que ela possa retrucar, passo um braço ao redor da sua cintura e, apoiando o outro atrás de seus joelhos, eu a levanto do chão, pegando-a no colo. Camila se assusta com meu movimento e me encara com os olhos esbugalhados.

— Ei! O que pensa que está fazendo, idiota? Eu posso andar sozinha! — protesta, embora tenha acabado de ficar claro que não consegue.

— Claro que sim, por isso estava chorando de dor há um minuto. Podemos tentar e, quem sabe, você possa cair de novo — respondo, com um toque de ironia. — Para de brigar e me deixa te levar.

Ela cruza os braços, resmungando alguma coisa que eu não consigo compreender, mas ao menos não faz mais esforço para sair dos meus braços.

Peço que ela alcance a mochila no chão e faço quase um malabarismo para a colocar pendurada em um braço, já que a minha está nas costas. Depois começamos nossa caminhada, com Alfredo ao nosso lado e lançando olhares curiosos para nós, como se tentasse entender por que ela está no meu colo.

Camila não é pesada, mas o trajeto não é fácil de ser feito com um cachorro a tiracolo, duas mochilas, chuva, barro e reclamações.

Quando chegamos à entrada da pousada, avisto uma senhora na varanda. Ela tem cabelo grisalho, e sorri para nós de modo simpático.

Ao nos ver, corre para abrir a porta, e entra logo em seguida, se colocando atrás do balcão. Alfredo fica do lado de fora, mas o vejo se deitar tranquilamente embaixo de uma cadeira de balanço.

— Que romântico! Um homem carregando a amada nos braços. Tem séculos que não vejo algo assim! — ela comenta, sorrindo, sem perceber que, na verdade, Camila está machucada.

— Não é bem isso, ela se machucou — explico, e percebo o desconforto de Camila aumentar com a ideia errada da mulher. — Precisamos de dois quartos para passarmos esta noite. Ela precisa descansar e, como pode ver, precisamos de um banho com urgência.

A mulher franze o cenho, nos encarando por um momento, e então meneia a cabeça, com uma expressão de pesar.

— Infelizmente, só temos um quarto disponível. — Ela olha para nós dois, pensativa. — Mas não se preocupem, apesar de sermos uma pousada familiar, não sou tão conservadora assim. Vocês são um casal, podem ficar no mesmo quarto — ela fala, fazendo um gesto de desdém com a mão.

Camila se remexe em meus braços, pronta para dizer que não somos um casal, mas dou um cutucão em sua costela antes que ela possa protestar, olho para a senhora atrás do balcão e sorrio.

— Eu agradeço muito, vamos ficar com o quarto.

Camila me encara com um olhar que é um misto de irritação e surpresa.

Ela não diz nada, mas suas feições frias e duras dizem tudo que preciso saber. Está exausta e machucada, e apenas por isso vai deixar a mentira passar.

— Posso levá-la para o quarto e depois preencher a ficha? — pergunto, vendo que a senhora retira um papel da gaveta.

Ela aquiesce, arregalando os olhos.

— Claro! Me desculpe, vou te entregar as chaves.

Se a mulher estranha o fato de que Camila não abriu a boca esse tempo todo, não demonstra. Ainda com ela no colo, sigo em direção ao corredor indicado, tentando ignorar o jeito como o corpo de Camila parece se encaixar tão naturalmente ao meu, mesmo com toda a tensão entre nós.

Quando encontro a porta certa, faço um grande esforço para destrancar, e finalmente entramos no quarto. Eu a coloco com cuidado na cama, e ela solta um suspiro pesado.

— Precisa tomar um banho — falo, porque o estado dela é crítico.

Camila me lança um olhar mortal.

— Sério? Pensei em me deitar na cama desse jeito mesmo.

Rindo da cara de brava dela, passo o braço ao seu redor e a ajudo a chegar até o banheiro. Ela pula em um pé só, parecendo o Saci, mas guardo a piada para um momento em que não esteja furiosa.

Abro o chuveiro e ajusto a temperatura antes de me voltar para ela.

— Acha que consegue tomar banho?

Ela cruza os braços.

— Vai dizer que agora quer me dar banho? Mas é um safado mesmo... — resmunga, me olhando feio.

— Deixa de ser maliciosa. Seu pé está machucado, eu ia oferecer pra buscar uma cadeira e colocar embaixo do chuveiro.

— Não precisa, vou cuidar pra não apoiar o pé no chão.

— Tá bom, vou te deixar sozinha pra tomar seu banho, e enquanto isso vou buscar gelo para o seu tornozelo e dar uma olhada no Alfredo — digo, saindo antes que ela tenha a chance de responder.

Vou para o corredor, ainda processando o que aconteceu. A maneira como Camila se referiu a nós continua me incomodando, mas preciso cuidar dela e de Alfie, e com certeza tenho que tomar um banho antes de tentar resolver as coisas.

Estou chegando à recepção quando ouço uma conversa entre a senhora de antes e um homem robusto, que imagino ser o marido dela. Ele ouve com atenção e seriedade enquanto ela fala com entusiasmo sobre o "casal de noivos" que chegou há pouco.

— No colo, Bento! Precisava ver que gracinha. — Ela ri. — Ela machucou o pé, e ele veio a carregando até aqui, acredita? Estavam imundos!

O marido balança a cabeça com uma expressão meio cética.

— Não gosto de safadeza na pousada, você sabe que é um ambiente familiar — ele responde, com os braços cruzados.

Consigo entender o homem, por mais conservador que pareça. Se derem abertura, algumas pessoas acabam achando que hotéis podem ser convertidos em motéis e fazem uma algazarra sem discrição nenhuma.

— Não, eles só estavam precisando de um lugar para passar a noite.

Como o homem fica quieto, aproveito a deixa para sair do corredor e me aproximar.

— Boa noite — cumprimento, forçando um sorriso. — Vim preencher a ficha, e queria ver se consegue me arrumar um pouco de gelo para o tornozelo da minha noiva — falo, a palavra soando estranha aos meus próprios ouvidos.

A proprietária abre um sorriso caloroso e dá uma batidinha de leve no braço do marido, como quem diz que tinha razão.

— Claro! O Bento vai te dar a ficha pra preencher enquanto eu vou buscar o gelo, querido — ela fala, já se afastando em direção à cozinha.

O marido parece ser mais calado, mas quando confirma que minha história é verdade, ou ao menos ele pensa assim, muda o semblante para algo mais amigável e me entrega a ficha e uma caneta. Coloco as minhas informações lá e faço o pagamento pelo pernoite. Depois disso, enquanto espero a mulher retornar com o gelo, aproveito e ligo para a seguradora, explicando a situação rapidamente e pedindo para agendarem o guincho para a manhã seguinte.

Quando desligo, estou me sentindo um pouco mais aliviado por ter resolvido pelo menos esse problema. A mulher aparece com uma bolsa de gelo envolta em um pano e a entrega a mim, antes de se colocar ao lado do marido.

— Aqui está. Inclusive, nós temos um pequeno canil nos fundos. Se quiser, posso levar seu cachorro pra lá, jogar uma água nele para tirar a lama. Vai ficar protegido do frio e da chuva — ela oferece, me trazendo um alívio imenso.

— A senhora poderia fazer isso? Eu agradeço muito. O Alfredo está viajando com a gente, ele é dócil, e eu trouxe a comida dele, está na mochila.

— Não precisa. — O marido dela é quem meneia a cabeça. — Se ele comer ração como os nossos, eu mesmo sirvo pra ele.

— Muito obrigado — concordo, aquiescendo.

— Estamos preparando o jantar para os nossos hóspedes, imagino que estejam com fome — a mulher fala, me sondando. — Se quiserem, podem descer depois do banho e jantar com os outros. É comida caseira. Simples, mas muito saborosa.

— Estamos famintos, mas eu realmente preciso de um banho antes — falo, dando uma olhada rápida para as minhas roupas sujas de barro.

— Não se preocupe, vai demorar um tempinho ainda. Acho que sua noiva vai gostar de algo quente depois do susto que levou.

24

Iago

Quando volto para o quarto, carregando a bolsa de gelo, não avisto Camila de imediato, mas ouço o som do chuveiro sendo desligado. Ela está saindo do banho, e, apesar de hesitar um pouco, bato na porta para avisar que voltei.

— Estou com o gelo aqui — aviso, sem realmente esperar por uma resposta.

Ouço um som abafado, talvez um resmungo ou, se tiver sorte, um murmúrio de aprovação. Eu me afasto da porta, deixo o gelo sobre a mesinha ao lado da cama e me recosto na porta fechada, porque não tenho a menor condição de me sentar na cama desse jeito, todo sujo.

Me sinto mal por saber que o clima entre nós está estranho, e essa coisa de agirmos como noivos só vai piorar tudo. Depois de uns dois minutos, a porta se abre e Camila sai do banheiro, enrolada em uma toalha branca com a logo da pousada. O cabelo está molhado, caindo sobre os ombros, e ela passa por mim com o rosto erguido, mas noto que aperta a toalha contra o corpo, um pouco sem jeito.

— Desculpe, esqueci que não tinha levado sua mochila para o banheiro. Vou sair pra você se vestir...

Ela meneia a cabeça rapidamente.

— Eu me troco no banheiro.

Apesar da resposta, sua expressão ainda está carregada de raiva, e eu a sigo com o olhar, sentindo o ar pesado ao nosso redor. E não consigo deixar de notar as gotículas de água que escorrem de seu cabelo para o colo, ou as pernas torneadas e visíveis.

— Escutou o que eu disse? — Pigarreio, tentando me concentrar em não ser ainda mais idiota, babando por ela. — A dona da pousada arrumou uma bolsa de gelo. Ela disse que vão servir um jantar para os hóspedes daqui a pouco, e que minha noiva iria gostar disso depois de ter se machucado — conto, coçando a cabeça e antevendo a reação dela.

Camila desvia o olhar da mochila em que está pegando suas roupas e olha para o pacote de gelo, antes de me dirigir um olhar rápido.

— Então vamos jantar como se fôssemos um lindo e feliz casal de noivos — ela fala, com sarcasmo, mas em vez de retornar ao banheiro, se senta na beirada da cama e esfrega o tornozelo, provavelmente incomodada com a dor.

— Mas somos lindos — brinco, tentando aliviar o clima —, só não somos noivos.

— Ou felizes.

Suspiro, percebendo que minha luta ainda vai longe.

— Mila, eles é que acharam que somos noivos — explico, com calma. — Eu não ia mentir, mas a senhora parecia antiquada, imaginei que não fosse alugar o quarto caso não fôssemos um casal.

Camila me encara por um momento, os olhos dela avaliando a situação.

— Isso é ridículo. Estamos no século passado?

— Não estou dizendo que não seja, mas eu tinha razão. Quando fui buscar o gelo, o marido estava dizendo que não gostava de safadeza na pousada, e escutei ela explicando que não era nada disso e que nós éramos noivos.

— Ótimo. Então agora nos tornamos noivos por conveniência — diz, com uma risada seca. — Isso por acaso é um romance clichê, daqueles com ilustrações fofas na capa?

Ignoro o tom irônico e pego a outra toalha limpa sobre a cama e uma troca de roupa.

— Bom, eu preciso tomar um banho urgente, mas, depois disso, posso cuidar do seu pé. E você pode aproveitar que vou para o banheiro pra se vestir.

Ela não responde, e eu a deixo sozinha no quarto. O dia foi difícil, estou cansado e tenso, muitas coisas aconteceram, mas o chuveiro quente ajuda a aliviar um pouco de tudo isso. Quando volto ao quarto, Camila ainda segue com a mesma cara de raiva, mas está vestida e com o cabelo penteado.

Sem dizer nada, pego a bolsa de gelo e me sento ao lado dela na cama. O mais gentilmente que consigo, coloco o pé dela no colo e apoio o pano que envolve a bolsa de gelo no tornozelo machucado. Depois de alguns instantes de um silêncio desconfortável, resolvo tentar falar com ela.

— Sinto muito pelo o que ouviu — falo, meu tom é baixo. — Eu não queria dizer nada daquilo, não era pra te magoar...

— Eu sei — ela responde, e, pela primeira vez desde o incidente, a voz dela soa um pouco menos afiada. — O jeito como você falou me deixou chateada, mas entendo o que quis dizer.

— Não, eu não queria falar aquelas coisas, mas estava tentando fazer minha mãe parar com as perguntas — explico, pressionando o gelo um pouco mais contra o inchaço. — Ela soube que estávamos viajando juntos desde aquele dia na fábrica de chocolate, e aposto que o Juliano também falou alguma coisa. Então ela cismou que queria te conhecer, e eu sabia que ela não ia largar do meu pé se achasse que... estava mesmo rolando alguma coisa entre nós dois.

Camila suspira e fecha os olhos por um segundo, relaxando um pouco.

— Tá tudo bem, Iago. Vamos deixar isso pra lá.

— Não tá tudo bem. Eu não acho que você seja chata e não é só... diversão. Só que eu vi como você reagiu aquele dia na fábrica, se escondendo, e imaginei que ia te assustar se de repente te apresentasse para a minha mãe.

— E o jantar? — ela muda de assunto, sem dar o braço a torcer, mas pelo menos agora está falando comigo, e seu semblante está mais leve. — Vamos mesmo ter que fingir que somos noivos?

— É só por uma noite, vamos descer como um casal feliz que teve um problema com o carro e vai partir na manhã seguinte — brinco, arrancando um olhar de surpresa dela. — Ao menos uma parte da história é verdade, e com isso vamos ter um jantar decente. E depois vamos subir e você vai descansar esse pé. Afinal, não posso deixar minha noiva andando por aí machucada.

Camila meneia a cabeça, com reprovação, mas noto a sombra de um sorriso surgir.

25

Camila

Termino de me arrumar para o jantar em poucos minutos. Há tantos dias na estrada e com a chuva que acabei tomando, vejo que minhas roupas estão, em sua maioria, sujas ou molhadas, então coloco o único vestido que me sobrou e torço para que não esteja tão frio na cozinha, porque meu moletom e minha jaqueta já eram. Iago pega parte das nossas roupas sujas enquanto me arrumo e leva para a lavanderia. Assim, se secarem a tempo, logo teremos roupas limpas outra vez.

O barulho da chuva no telhado deixa claro que ainda está caindo um temporal lá fora, mas, depois de Iago colocar gelo no meu pé e de conversarmos um pouco, ao menos não me sinto mais tão chateada ou irritada.

Não sei se acredito em tudo o que me disse, mas não tenho muita escolha a não ser conversar com ele, nem que seja o mínimo, para nos organizarmos. Saímos do quarto juntos, e Iago também não parece ter muitas roupas limpas, já que vestiu a mesma camiseta que usou em nosso primeiro dia em Curitiba e calça jeans. É incrível como ele consegue continuar lindo, mesmo sendo irritante e usando roupas sujas.

Me apoio no braço dele enquanto seguimos pelo corredor, apenas por falta de opção, é claro, mas, quando chegamos à sala de jantar da pousada, ele faz questão de entrelaçar nossos dedos e sorrir na maior cara de pau. A casa em que estamos é uma construção rústica, bem aconchegante, com paredes de madeira e uma lareira no canto.

Não é grande, mas é tudo bem-organizado, e imagino que os proprietários morem no lugar. Uma mesa comprida de madeira ocupa o centro da sala de jantar e já está posta com pratos, copos e talheres. A proprietária, a mesma senhora sorridente que nos recebeu mais cedo, está colocando as tigelas de comida fumegante sobre a mesa, e sinto um aroma delicioso invadir minhas narinas e lembrar meu estômago de quanto tempo faz que não como.

— Boa noite! — ela nos cumprimenta, assim que nos vê. — Que bom que conseguiram vir, espero que seu pé esteja melhor.

Sorrio, tentando ser mais gentil, porque, quando chegamos, eu estava querendo matar alguém. No caso, matar Iago, mas posso ter sido um pouco ranzinza com a pobre mulher.

— Está melhor, sim, obrigada! — respondo. — Boa noite! — Cumprimento as outras pessoas, já sentadas à mesa.

A proprietária ainda está sorrindo quando faz sinal para nos acomodarmos. Iago puxa a cadeira para me ajudar, todo romântico e falso. Ele se senta ao meu lado e cumprimenta os outros dois casais, e um senhor mais velho que suponho ser o marido dela.

Um dos casais tem duas crianças. Sei que são seus filhos porque o garotinho e a menina, que devem ter no máximo cinco anos, não param quietos nem por um segundo, e, apesar de os pais serem bem pacientes com eles, os repreendem com carinho o tempo todo.

Me pego observando a dinâmica da família com certa curiosidade, já que não vejo muitas semelhanças entre as crianças, mas elas parecem ter a mesma idade e claramente são irmãos. O outro casal está sentado à esquerda de Iago, e não consigo vê-los tão bem, mas, pelo pouco que notei antes de me sentar, parecem mais jovens, recém-casados, talvez.

— Bom, sei que isso aqui não é nenhum evento familiar, mas eu gosto de saber os nomes das pessoas com quem como — a dona da pousada fala, emendando uma risada. — Seu noivo eu sei que se chama Iago, porque ele preencheu a papelada. Qual seu nome, querida? — ela indaga, se dirigindo a mim.

— Camila, e a senhora?

— Eu sou a Miranda, e esse é meu marido, Bento.

— Eu sou o Paulo, e essa é a minha esposa, Renata — fala o pai das crianças —, e nossos filhos, Julia e Breno.

Renata acena com a cabeça e me oferece um sorriso discreto. Ela parece cansada, provavelmente pela correria de ter que lidar com os dois pequenos, mas acho fofo o modo como o marido mantém o braço em volta da cadeira dela o tempo todo, como se a estivesse abraçando. O outro casal logo se apresenta também.

— Eu sou a Mariana, e esse é meu esposo, Lucas — a mulher fala, com tranquilidade, enquanto o marido sorri ao lado dela. — Estamos em lua de mel. Adoramos a pousada, o que estão achando?

— É linda, muito aconchegante — respondo, tentando soar envolvida na conversa.

— Vocês também estão em uma viagem romântica? — ela pergunta, inclinando-se para conseguir me ver do outro lado de Iago.

— A caminhonete dele furou os pneus logo ali na estrada e por isso viemos passar a noite aqui.

— Dele? Pensei que fossem casados — ela comenta, com uma risadinha.

Menos de um minuto, e eu já não fui com a cara dela.

— Nós estamos noivos — Iago interfere, percebendo meu desconforto —, e, sim, estamos em uma viagem romântica, mas nosso destino era outro.

Os donos da pousada se sentam à mesa após terminarem de trazer a comida. Ele parece ser calmo, o tom de voz sempre baixo, mas como em teoria nós somos noivos, está sendo bem gentil e educado, apesar de ser conservador, como Iago frisou.

Há um momento de descontração enquanto pratos e tigelas são passados de um lado a outro na mesa e todos se servem. Começamos a comer, e a conversa flui com uma naturalidade que chega a me surpreender. Até que Miranda resolve fazer uma pergunta que não sei como responder.

— E como vocês se conheceram? — ela pergunta, primeiro fitando Iago, depois pousando os olhos em mim, com um sorriso gentil.

Meu cérebro trabalha rápido, tentando pensar em uma mentira, mas Iago sai na frente.

— Ah, essa é uma ótima história — ele fala, improvisando, mas quem vê de fora jamais pensaria isso pela forma desinibida que ele aborda o tema. — A Camila estava em uma viagem de trabalho, e eu de férias. Me perdi perto de uma trilha e a encontrei, e como não sabia me localizar, pedi informações a ela.

— E foi isso?

Ele ri, meneando a cabeça, e eu também o encaro, assim como os outros, esperando o final da narrativa.

— Foi destino, sabe? Acabamos nos esbarrando várias vezes depois disso. Sempre que eu ia conhecer um dos pontos turísticos, eu a encontrava. Primeiro, começamos a nos cumprimentar, depois, passamos a conversar, e acabei a convidando para ir comigo em um luau — ele fala. Ao menos essa última parte parece mais verdadeira. — O resto vocês podem imaginar.

— Então você se perdeu na trilha, mas encontrou o amor da sua vida — Miranda comenta, unindo as mãos, claramente encantada.

Iago concorda, rindo, e todo mundo ao redor da mesa também ri. Me controlo para não revirar os olhos na frente dessas pessoas, mas não resisto a dar um cutucão nele por debaixo da mesa, enquanto sorrio para os outros.

Na verdade, a história de como nos conhecemos é ainda melhor, mas, se eu contasse, teria que explicar como foi que ficamos noivos em um mês. Ainda estou irritada com ele, mas a conversa tranquila e a comida gostosa começam a me acalmar.

— E vocês moram em cidades diferentes, então? — a irritante em lua de mel pergunta.

— Moramos, mas como nós amamos viajar, estamos sempre juntos, pegando a estrada — eu falo, a mentira fluindo com uma facilidade espantosa.

— E quando se casarem?

— O que tem? — devolvo, estreitando os olhos.

— Relações à distância são complicadas. Onde vão morar?

Por que essa chata quer saber?

— Vou morar onde a Camila estiver — Iago fala, erguendo minha mão para depositar um beijo no dorso dela. Sinto um arrepio percorrer minha pele, e meu coração dispara, porque esse órgão é um tolo emocionado e agora está se deslumbrando até mesmo com o que é claramente uma mentira. — Ela precisa viajar a trabalho às vezes, faz muitas fotos para grandes empresas e revistas famosas, e eu consigo administrar meu trabalho de onde estiver, então pretendo acompanhar minha esposa por onde ela for.

— Você é fotógrafa? — Renata pergunta, curiosa.

As crianças finalmente se acalmaram para comer, o que permite que ela participe mais da conversa.

— Sou, sim — respondo, tentando não ficar sem jeito.

Nunca tive problemas em falar de mim mesma, mas Iago inventou que sou uma fotógrafa famosa, quando a verdade é bem distante disso, e bastaria uma busca na internet ou nas redes sociais para descobrirem a farsa.

— Ela não é só uma fotógrafa — ele continua, dando uma de maluco —, é uma das melhores. As fotos que a Camila tira são de uma sensibilidade impressionante. Tenho certeza de que você concordaria comigo se visse o trabalho dela.

Sinto meu rosto esquentar com o elogio inesperado. Sei muito bem que estamos mentindo, que tudo o que dissemos até agora foram histórias inventadas, mas o tom dele faz parecer que está sendo muito sincero sobre isso. Sua opinião sobre o meu trabalho parece verdadeira e, por alguma razão inexplicável, eu gosto de ouvir o que Iago pensa sobre minhas fotos.

— Você não está dizendo isso só porque é noivo dela e está apaixonado? — Mariana pergunta, com a voz esganiçada dela.

— De jeito nenhum.

— Bom, eu disse que estamos em lua de mel, não disse? Tivemos ótimos fotógrafos na cerimônia e na festa, mas não temos uma foto boa nossa aqui, na pousada. Será que você poderia tirar algumas fotos da gente? Seria um ótimo presente de casamento!

Eu me remexo, um pouco surpresa e desconfortável com o pedido. As pessoas têm essa ideia de que, só porque sou fotógrafa, posso tirar fotos gratuitas de todo mundo quando quiserem, e esquecem que esse é o meu trabalho. Por que eu daria um presente para ela? E ainda mais para essa desconhecida.

Mas ao menos o esposo parece ser mais sensato.

— Ela está brincando, Camila — Lucas fala, olhando de lado para a mulher. — Sabemos que esse é o seu trabalho, mas se estiver com tempo, poderia mesmo nos fotografar, vou ter o maior prazer em pagar pelas fotografias.

Agora, sim, a proposta passou a ser mais interessante.

— Claro, seria um prazer. O que vocês têm em mente?

— Decidimos começar nossa vida de casados com alguns dias sozinhos, em um lugar tranquilo, sentindo essa novidade, sabe? De morar juntos em uma casa, porque é assim que vai ser na maior parte do tempo — Lucas explica. — Acho que poderiam ser fotos pela casa mesmo. Na varanda, talvez.

Aquiesço, satisfeita com a ideia simples dele, porque, com essa chuva, seria impossível ir lá para fora.

— Ah, já que vai fazer, poderia tirar umas nossas também — Paulo fala, olhando para Renata, que balança a cabeça em concordância. — Do casal, mas também com as crianças, sabe? É difícil conseguir uma boa foto em família, porque eles não param quietos e nunca tem alguém para tirar. — Ele ri, lançando um olhar em direção aos filhos.

— Vai ficar incrível — respondo, de acordo.

A conversa continua animada. Entre histórias de viagem e piadas sobre o caos da vida com crianças, vou relaxando cada vez mais. A sensação de desconforto com Iago vai se dissipando aos poucos, talvez porque eu seja mesmo uma tola e esteja me deixando levar pelos seus gestos de cuidado e de atenção.

Quando terminamos o jantar, nos reunimos na varanda. Iago pega uma cadeira para que eu me sente e se posiciona ao meu lado, como auxiliar, por causa do meu pé. Ele também coloca a jaqueta em meus ombros, percebendo que estou com frio, e não deixo de notar que é justamente a jaqueta com a borboleta nas costas.

Primeiro fotografo Lucas e Mariana. Ela implica com o coitado o tempo inteiro, reclamando das poses e por ele estar estragando o look dela com suas roupas de ficar em casa. Discretamente, eu olho para Iago, que pisca para mim, com certeza se lembrando das noivas megeras.

Quando termino com eles, é a vez de Renata e Paulo. Esse casal, sim, me dá gosto fotografar. Apesar das crianças, da exaustão e dos anos de casamento, eles ainda se fitam apaixonados, brincam um com o outro e exalam sentimento. Fotografar a família deles é ainda mais lindo. As crianças são um pouco arteiras, mas educadas e obedientes, e descubro, conversando com eles, que são gêmeos bivitelinos. Finalizo a sessão registrando algumas fotos dos nossos anfitriões, essas por minha conta, já que foram tão gentis comigo e com Iago. Ele me ajuda a me levantar, e estou prestes a guardar a câmera quando ouço a voz de Renata.

— Por que você não tira uma foto dos dois juntos? — ela sugere, voltando-se para o marido enquanto aponta para mim e para Iago. — Vocês também merecem, e o Paulo não é muito ruim — completa, com uma risadinha.

— Ah, não precisa... — começo a dizer, mas Iago me corta.

— Precisa, sim. — Ele passa os braços ao redor do meu corpo, me puxando para perto, e minhas costas tocam seu peito. Sinto nossa proximidade, e meu corpo reage de acordo, totalmente imprudente.

Ainda relutante, entrego a câmera para Paulo, que ajusta o foco como me viu fazer antes.

— Sorriam! — diz, animado.

Forço um sorriso, mas quando olho para Iago, ele parece estar sorrindo de verdade, e, por algum motivo, me faz querer sorrir também.

Um pensamento fugaz passa pela minha mente quando me dou conta de que essa é a mentira mais real que eu já vivi.

26

Camila

Voltamos para o quarto depois do jantar e da sessão de fotos, e o silêncio entre nós é confortável, bem menos tenso que antes. Iago parece perdido nos próprios pensamentos, e eu não o interrompo, porque a verdade é que não sei o que devo fazer de agora em diante. Nossa estadia na pousada foi inesperada, mas acabou se tornando uma ótima parada, e, pela primeira vez desde que brigamos, me sinto um pouco mais leve.

Mesmo assim, sei que o que estávamos fazendo nos conduzia a algo a mais, e não sei se nós dois estamos preparados para que isso se torne sério de verdade. Nós nos conhecemos na estrada e só convivemos nessas circunstâncias, não participamos da vida um do outro no dia a dia.

Assim que entramos no quarto, fecho a porta e tiro a jaqueta de Iago. A chuva parece ter diminuído um pouco, mas o frio continua. Ele está parado no meio do quarto, com as mãos nos bolsos enquanto me olha meio hesitante.

— O que foi?

— É que só tem uma cama — fala, dando de ombros.

Olho dele para a cama, e percebo que, com toda a raiva que sentia quando chegamos, mal me dei conta disso, e agora aqui estamos.

— Certo.

— Eu posso dormir no chão — ele fala, como se isso fosse razoável —, pego alguns cobertores e coloco em cima do tapete.

A cama é bem grande, há espaço suficiente para nós dois, e, por mais que seja um pouco constrangedor, não posso concordar que ele durma no chão com esse frio.

— Não, nós dividimos — digo, com uma calma que não sinto. — Está tudo bem, não precisa dormir no chão.

Ele me olha por um segundo, como se estivesse ponderando, depois assente com um gesto, parecendo aliviado, mas ainda hesitante.

Sem dizer mais nada, Iago tira os sapatos, e eu faço o mesmo.

A luz suave do abajur dá ao ambiente um tom mais íntimo, e seria mentira se eu dissesse que não estou nervosa por me deitar ao lado dele ou que não percebo meu coração disparado.

Me deito primeiro, no canto, e puxo os cobertores até o queixo. Iago se acomoda ao meu lado. Estamos ambos deitados de costas, mas há um espaço significativo entre nós.

O silêncio volta a reinar, pesado desta vez. Sinto a presença dele ao meu lado, não apenas porque sei que seu corpo está a centímetros do meu, mas porque há uma energia que parece emanar dele para mim e vice-versa.

Depois de alguns minutos assim, calados, sua respiração se torna mais pesada, como se ele estivesse se preparando para falar.

— Está acordada? — ele pergunta, com a voz baixa.

Primeiro aquiesço, mas então me dou conta de que ele pode não ter visto.

— Estou.

— Tem uma coisa que eu quero te contar. Acho que vai acabar de esclarecer o que aconteceu hoje.

Seu tom é sério, e por isso viro o rosto na direção dele, o observando em silêncio.

Eu espero. Ele respira fundo.

— Lembra de quando você me contou da sua mãe?

— Claro...

— Eu devia ter dito naquela noite, mas, não sei, não me senti pronto pra compartilhar. Eu não queria entrar em um assunto que ainda é tão difícil pra mim, entende?

Assinto novamente, e agora, olhando em seus olhos, sei que ele está me vendo.

— Faz um ano agora — ele fala, em um tom triste que não costumo ouvir. — Eu tinha uma irmã, Angélica. Ela morreu em um acidente de carro.

Engulo em seco, ouvindo a confissão. Eu sabia que havia algo ali, abaixo da superfície, mas cogitei que fosse um término, não passou pela minha cabeça, nem por um instante, que ele também estivesse vivendo um luto.

— Eu... sinto muito.

— Foi devastador. Nós nos falamos pela manhã, ela saiu para ir em uma das nossas filiais, e nunca mais voltou.

Prendo a respiração, sentindo uma pontada no peito. Ele nunca sequer mencionou a irmã antes, mas, nos momentos em que eu olhava para ele mais atentamente, podia enxergar uma dor oculta sob a superfície.

— Desde então, eu... — Iago continua, mas sua voz vacila um pouco — ... tenho pânico de acidentes — confessa, me dirigindo um olhar cúmplice.

— Eu não fazia ideia.

— Como poderia? Eu surtei quando os pneus furaram, achei que a gente fosse capotar. Sei que parece exagero, mas, às vezes, sinto como se eu não pudesse controlar o medo de que algo terrível aconteça.

Ele faz uma pausa, passando a mão pelo cabelo, visivelmente desconfortável em se abrir assim, e eu me lembro de como ele reagiu quando assumi o volante na primeira vez, correndo feito uma louca. Droga... se ao eu menos soubesse...

— Fiquei muito tempo sem pegar a estrada, mas resolvi superar isso.

— Foi assim que decidiu tirar férias e viajar de caminhonete? Iago anui, com um sorriso triste.

— Meus pais sofreram muito. Quer dizer, todos nós, mas minha mãe... Ela nunca vai se recuperar totalmente da perda da Angélica.

— Acho que deve ser a pior dor do mundo.

— Isso a deixou... obcecada por mim, de certa forma. Tudo que ela fazia para cuidar de nós dois, agora ela concentra em mim. Eu entendo, sabe? Só tem um ano que ela perdeu a filha, e sente que se estiver no controle e souber de tudo que eu faço, pode impedir que algo assim aconteça comigo.

— Acho que é compreensível que ela se sinta assim, já pensou em sugerir que ela faça terapia? Mas olha só quem está dando conselho sobre superar o luto, a garota que vendeu os móveis de casa e saiu viajando com um estranho...

— Mas você tem razão, ela tem cogitado isso, mas ainda não começou.

— Deve ser um assunto difícil de abordar.

Se é difícil para que Iago se abra, posso imaginar como é para a mãe dele.

— Ela quer saber de cada detalhe, se preocupa com tudo. Quase enlouqueceu quando descobriu que eu viajaria por tanto tempo. Mas eu precisava, Mila. — Ele faz uma pausa, e meneia a cabeça. — Eu não queria te colocar no meio disso, não queria que se sentisse pressionada, nem nada assim.

Suas palavras vão me alcançando, uma após a outra. Eu nunca tinha visto essa versão de Iago, tão vulnerável e exposta. De repente, essa descoberta faz com que todo o resto faça sentido, o fato de ele ser tão centrado e pensar tanto em cada detalhe, fechado em certos assuntos e evasivo em outros.

Sinto como se eu estivesse finalmente vendo o que há por trás da fachada que ele me mostrou. Sei que Iago foi ele mesmo durante todo esse tempo, mas agora estou conhecendo um outro lado seu, um que ele não compartilha com todo mundo.

Iago respira fundo antes de continuar, a voz ainda mais baixa agora, quase um sussurro.

— Sei que não nos conhecemos há tanto tempo, mas gosto do que estamos construindo. E não acho que seja só diversão.

Seu olhar está fixo no meu, e vejo tanta sinceridade lá, que é impossível duvidar do que está me dizendo. Assim como eu, Iago não planejava se envolver, mas aconteceu, e aqui estamos nós.

— Também não acho.

Ele sorri ao me ouvir, mas não terminou ainda de me dizer tudo.

— Mas, mesmo assim, eu não queria te pegar de surpresa, sei que você não queria se prender a ninguém, e falei aquilo pra ela não insistir em falar com você. Só que acabei falando bobagem.

— Está tudo bem, eu te perdoo dessa vez — falo, tocando seu rosto com a ponta dos dedos, porque não consigo evitar.

— No começo, você me fazia lembrar dela, sabia? São um pouco parecidas, mas a Angel era... Bom, algumas pessoas falam que ela estava correndo, que era inconsequente, e eu a conhecia melhor do que ninguém — Iago fala, o olhar agora perdido em lembranças. — Minha irmã era incrível, linda e muito divertida, mas ela era imprudente e adorava se aventurar e testar seus limites.

— Ela era solteira?

— A Angélica não pensava em namorar, Mila. Ela trabalhava e aproveitava a vida como uma louca. — Ele sorri ao se lembrar dela. — Se jogava em viagens sozinha, praticava todo tipo de esportes radicais, apostava corridas de carro com os amigos. Acho que você consegue entender por que me lembrou tanto ela.

Imediatamente penso na minha direção perigosa e na forma como ele reagiu ao mergulho em Trindade.

— Ela aproveitava a vida, e tenho certeza de que não se arrependia de nada, mas acabou partindo cedo demais.

Sinto um aperto no peito ao ouvi-lo, mas fico quieta por um tempo, absorvendo. O que Iago está me contando mexe comigo de uma forma que eu jamais poderia imaginar. Talvez porque eu compartilhe dessa dor e reconheça nela a minha própria.

— Sinto muito pelo que aconteceu com sua irmã e por todo o seu sofrimento. Acho que, melhor do que ninguém, entendo pelo que você está passando...

Percebo que seus olhos estão marejados, mas não comento nada. Não quero que ele se esconda de mim ou que disfarce a dor.

— Eu era o oposto dela. Trabalhava até a exaustão. Ia da loja para casa, vendo a vida passar, sempre com a ideia de que eu teria muito tempo pra curtir depois. Mas nunca se sabe...

— A vida é curta, precisamos aproveitar o presente — concordo, compreendendo o que ele diz.

— É isso. Não precisamos abrir mão do presente pra construir um futuro, não coloco minha vida em risco, e gostaria que Angel tivesse pensado mais e sido mais prudente, mas a rotina que eu levava também não era vida.

— Você está certo.

Me aproximo um pouco mais dele na cama, sem o tocar, mas perto o suficiente para que ele saiba que estou ao seu lado.

— E sobre a sua mãe, se ela quiser falar comigo, tudo bem para mim, se estiver tudo bem para você — confesso, um pouco hesitante ainda. — Eu não estou me sentindo sufocada nem pressionada. Sei que não prometemos nada um ao outro, e eu repeti para mim mesma milhares de vezes que isso não podia acontecer, que não estava nos planos, mas só foi...

— Eu estou apaixonado por você, Camila — Iago me interrompe.

Sua declaração me faz perder as palavras por um instante, é inesperada, mas também bem recebida. Um sorriso surge em meu rosto sem que eu consiga contê-lo, e, por incrível que pareça, as palavras me escapam naturalmente.

— Eu também estou apaixonada por você, Iago.

Quando ele vence a distância entre nós dois, não há mais qualquer resistência. Apenas o sentimento que cresce e pulsa entre nós, e o desejo latente.

Nós nos beijamos, compartilhando tudo, agora sem palavras. Minhas roupas se juntam às dele no chão, ao lado da cama, e, quando enfim nos unimos, é perfeito. Não estamos apenas cedendo ao desejo, mas nos conectando em um nível que transcende qualquer explicação.

E, pela primeira vez, adormeço nos braços dele.

27

Iago

Pela manhã, a luz do sol se infiltra por entre as cortinas e invade o quarto. Abro os olhos e levo alguns instantes para me dar conta de onde estou e, melhor, com quem.

Camila está aninhada ao meu corpo, dormindo, o rosto sereno e o cabelo bagunçado. Sorrio ao lembrar da noite passada e, tentando não a acordar, me afasto e me levanto da cama.

Procuro minhas roupas espalhadas pelo chão e me visto. Saio do quarto pouco depois e caminho até a cozinha, onde encontro dona Miranda servindo a mesa.

— Bom dia, menino. Dormiram bem?

— Muito bem, obrigado.

— E onde está sua noiva? Ela não vem tomar café?

O som da cafeteira preenche o espaço, e sinto o aroma conhecido e delicioso no ar.

— Camila ainda está deitada, e como acabou forçando bastante o pé ontem, vim ver se consigo arrumar uma bandeja pra ela.

Dona Miranda parece achar minha ideia muito romântica, porque se dispõe a me ajudar na mesma hora. Ela busca uma bandeja no armário e enche duas canecas com café quente para nós. Coloco um pouco de tudo na bandeja e, depois disso, volto para o quarto.

Camila se mexe preguiçosamente na cama, mas não abre os olhos. Coloco a bandeja na mesa de cabeceira e me sento ao lado dela, tocando seu ombro de leve.

— É hora de acordar, dorminhoca.

Ela pisca lentamente e, quando seus olhos focam em mim, um sorriso preguiçoso surge em seu rosto.

— Bom dia...

— Bom dia. Trouxe café — falo, me esforçando para não ficar sorrindo como um bobo.

Camila olha para a bandeja, e seu rosto todo se ilumina.

— Café na cama? Você está mesmo muito apaixonado — provoca.

Entrego a ela uma das canecas e, enquanto Camila toma o primeiro gole, fico parado ao seu lado, observando-a, ainda digerindo tudo o que aconteceu na noite passada.

Me sinto diferente, não apenas porque o sexo foi incrível, mas porque sei que ultrapassamos alguns limites e tudo se tornou claro. Agora sabemos onde estamos pisando e o que um espera do outro.

Além disso, falar de Angélica com ela foi bom. Camila não sente pena de mim nem nada assim, ela entende, porque estamos sendo moldados na mesma fôrma, com a perda, o luto, mas também com o recomeço e a superação.

— Já é hora de ir? — ela questiona, mordendo um dos bolinhos de chocolate que eu trouxe.

— Vamos buscar nossas roupas, e o Alfie, depois podemos ir. O pessoal do guincho marcou às nove e meia — explico.

E é exatamente o que fazemos. Depois de guardar nossas coisas, saímos juntos para buscar Alfredo no canil.

Ele fica todo contente ao nos ver, sabendo que vai ser solto. Alfie não gosta muito de ficar preso, mas, em lugares desconhecidos como aqui, e com a tempestade que caía ontem à noite, não havia alternativa.

189

Nos despedimos de todos, com a promessa de voltarmos um dia. E, com as mochilas nas costas, caminhamos de volta para a estrada. Alfredo vai à frente, e Camila e eu seguimos de mãos dadas.

O pé dela desinchou desde ontem, mas ainda assim andamos bem devagar, para que não force. Chegamos à estrada, e respiro aliviado ao ver que minha caminhonete está no mesmo lugar em que a deixei. Inteira, exceto pelos pneus.

O guincho não demora a chegar, e, depois de nos levar até a borracharia mais próxima, trocamos os pneus furados por novos e estamos prontos para seguir em frente.

Próxima parada: Santa Catarina.

À medida que nos aproximamos de Florianópolis, já começo a entrar no clima de praia. O vento fica mais quente e entra pela janela da caminhonete, o cheiro de mar vai ficando mais forte, e sinto aquela sensação de liberdade, de estar vivendo, depois de tudo. Camila canta a plenos pulmões, com os pés apoiados no painel, enquanto a música, que por algum milagre foi escolhida por ela, ecoa nos alto-falantes.

— Lembra da sua regra? Nessa caminhonete só ouvimos heavy metal — ela fala, em uma tentativa engraçada de me imitar —, veja só como estamos agora!

Sorrio, minhas palavras se voltam contra mim.

— Isso foi antes.

— Antes de se apaixonar irremediavelmente por mim?

Lanço um olhar feio para ela, porque essa é a verdade, mas não precisa ficar jogando na cara.

Enquanto estamos na estrada, quase não notamos o tempo passar, e quando dou por mim, estamos chegando ao nosso destino. O trajeto não é um problema, ele é parte da nossa diversão.

Estaciono o carro perto de um quiosque, e Camila olha para o mar, com um sorriso cada vez maior. Está quente, mas não é um calor incômodo, é um tipo de clima convidativo. Sorrio para ela, que me devolve o gesto. Depois da nossa briga e de termos feito as pazes, estamos parecendo um casalzinho de adolescentes que acaba de começar a namorar, empolgados, excitados e sorridentes.

— O que acha de irmos direto pra praia? — pergunto, já imaginando a resposta dela.

— Agora?

— Neste instante — falo, abrindo a porta para descer.

— E o Alfredo?

Eu havia me esquecido que as praias aqui proíbem a entrada dos animais, e olho ao redor, enquanto penso no que fazer. Avisto um pet shop do outro lado da rua e resolvo arriscar.

— Vou perguntar se tomam conta de animais ali. Vai que dá certo...

Camila concorda e fica me esperando, enquanto atravesso a avenida correndo, com Alfie ao meu lado. A recepcionista me diz que eles funcionam como hotel diurno, e eu faço o pagamento, preencho uma ficha e, depois de acertar tudo, faço um carinho na cabeça peluda de Alfredo, torcendo para que ele aproveite o dia.

Volto para perto de Camila e a encontro recostada no capô, me esperando. Como ela já está com a mochila nas costas, pego a minha no banco de trás antes de ativar o alarme. Depois disso, seguimos a pé até a areia. A praia não está muito cheia, o que torna tudo ainda mais perfeito. Podemos ouvir o som das ondas, que se mistura às risadas das pessoas ali perto, criando uma atmosfera de descontração.

Estendo a manta no chão, e Camila se senta ao meu lado, tirando as sandálias e suspirando.

— O mar é surreal — ela murmura, quase que para si mesma. — Eu acho que já tivemos essa conversa antes, mas ele faz a gente se sentir tão bem e ao mesmo tempo tão...

— Pequeno — completo, me lembrando que realmente tivemos essa conversa. — Mas isso porque somos pequenos quando comparados a ele. E pensar que por pouco a gente não veio, hein? Quase que uma briga boba nos faz perder essa vista — comento, cutucando-a com o ombro.

Camila me olha com um sorriso despreocupado, e, sem dizer mais nada, se levanta e se apressa em direção ao mar. Levo alguns segundos para entender o que está havendo, e então me levanto e corro atrás dela. Entramos no mar juntos, em meio aos seus gritinhos, porque ela se assusta com a água fria. As ondas não estão muito fortes, e eu até acho que a água fria traz um contraste bom com o calor que faz do lado de fora, mas Camila reclama da temperatura.

Seus resmungos duram apenas alguns instantes, porque logo ela está pulando as ondas, rindo como se estivesse de volta à infância e me puxando para participar. Na verdade, ela está me arrastando e atraindo para orbitar em torno dela desde que nos conhecemos. Ficamos alguns minutos nos divertindo, mas é como se fossem horas. Camila me abraça, circundando meu pescoço com as mãos, e nos beijamos. O gosto da água salgada se mescla ao sabor de sua boca.

Saímos do mar com as roupas molhadas, mas, em vez de nos sentarmos na manta outra vez, decidimos comer alguma coisa, porque já faz algum tempo desde nossa última refeição. Vamos para uma barraca por ali mesmo, com os pés na areia e sem muita preocupação. Peço uma porção de camarão frito, e Camila faz careta.

— Vai dizer que não gosta?

— Não sei, nunca comi, mas acho que não.

— Experimenta antes de criticar, fominha — brinco, me lembrando das piadas com o pastel. — O que quer comer?

— Pode ser isca de peixe, mesmo.

Peço também a porção que ela escolhe e uma cerveja gelada para acompanhar. O garçom faz tudo com muita calma, quase tão relaxado quanto nós. Enquanto esperamos, seguro a mão dela sobre a mesa e conversamos um pouco.

— Então seu pai administra as lojas de vocês só em teoria? — ela questiona, curiosa.

— É que ele já está cansado, trabalhou a vida inteira, mas não quer dar o braço a torcer. Então vai delegando as coisas pra que eu faça, mas, todos os dias, ele ainda vai até a matriz.

— Isso é legal, vocês parecem ser uma família bem unida.

— Somos, e depois do que houve com a Angel, ficamos ainda mais próximos.

Camila assente, pensativa.

— Quando eu era pequena, meu pai estava em casa todos os dias, e eu achava que éramos uma família assim. Mas aí ele começou a implicar com o trabalho da minha mãe, sumia nos fins de semana... Eu não me lembro dos detalhes, mas sei que eu detestava quando ele sumia, e odiava quando voltava bêbado.

— Eu sinto muito.

Ela meneia a cabeça.

— Faz muito tempo, não me incomoda tanto mais. Quando minha mãe adoeceu, ele nos deixou de vez.

— E você nunca mais o viu?

— Não, ele faleceu há muitos anos, e a nova esposa nos enviou uma mensagem, avisando do enterro.

— Nossa... Você foi?

Ela nega com um gesto e dá de ombros.

— Não. Eu não tinha mais contato com ele, não foi como perder alguém que fizesse mesmo parte da minha vida, entende? Eu só continuei com minha rotina, cuidando da mamãe, como sempre fiz.

Camila é tão jovem e já passou por tanta coisa que eu nem sei o que dizer, mas não é preciso, porque, de repente, pelo canto do olho, vejo uma borboleta colorida passar. Ela voa perto da nossa mesa, sem rumo.

— Olha só quem apareceu — brinco, apontando para que Camila veja.

— Oi, borboletinha! Mamãe me mandou uma muito linda hoje — fala, em tom alegre.

A comida chega, interrompendo o assunto, e o garçom coloca as porções sobre a mesa. Comemos e bebemos tranquilamente, e, entre uma garfada e outra, continuamos conversando. Apesar das ressalvas, Camila acaba gostando bastante do camarão, como eu imaginei que gostaria. Não demora muito para que um ambulante se aproxime de nós. Ele carrega um mural com vários desenhos expostos e uma maleta nas mãos.

— E aí, casal? Que tal uma tatuagem hoje? Eu faço na hora, dura quinze dias — ele oferece, com um sorriso largo.

Camila olha rapidamente para as amostras, mas balança a cabeça, recusando.

— Obrigada, hoje não — responde, e eu também dispenso com um aceno de mão.

O homem segue o caminho sem insistir, mas percebo que Camila ainda o acompanha com o olhar por algum tempo.

— Se queria fazer a tatuagem...

Ela demora um segundo para responder, ainda fitando o horizonte antes de finalmente me encarar.

— Não, é que eu estava pensando nisso.

— Em fazer uma tatuagem de hena?

Ela ri, negando.

— Não, uma de verdade — ela solta, arqueando as sobrancelhas enquanto espera uma resposta minha.

— Você tem vontade? O que tatuaria?

Camila faz uma pausa, refletindo diante das possibilidades, os olhos brilhando com a ideia nova.

— Faria asas de borboleta — conta, com um meio-sorriso. — Uma forma de sempre me lembrar da minha mãe, além de ser um símbolo de liberdade e de transformação.

— Eu acho uma ótima ideia — respondo, sem hesitar. — Tem tudo a ver com você, e seria uma homenagem linda.

Ela sorri, mas ainda parece em dúvida.

— E se nós dois fizéssemos? — pergunto, em um impulso, e a vejo arregalar os olhos, surpresa.

— Nós dois?

— Eu faria asas de anjo — falo, a ideia tomando forma. — E seria para homenagear a Angélica.

Camila sorri de um jeito lindo, que chega até seus olhos, aprovando a minha escolha.

— Asas de borboleta e asas de anjo... — repete, assimilando. — Você acha que deveríamos mesmo fazer isso? — ela pergunta, mas percebo que está louca para ir adiante com a ideia.

Dou de ombros, me recosto na cadeira e olho para o céu. O sol começa a baixar, mas ainda é dia.

— Você quer? Porque se quiser, não vejo motivo para não fazer.

Ela fica em silêncio por um tempo, absorvendo minha resposta. A luz alaranjada do sol toca seu rosto e realça o brilho dos olhos verdes.

— Eu quero muito — ela diz, finalmente se decidindo.

— Então vamos fazer, mas temos que procurar um estúdio, antes que todos fechem.

Camila me encara com os olhos esbugalhados.

— Mas vamos fazer agora? Quer dizer, hoje?

Me levanto e chamo o garçom, com um sinal para fechar a conta, e então estendo a mão para que ela se coloque de pé.

— Por que perder mais tempo?

Depois de pesquisar na internet por alguns minutos e analisar os trabalhos de alguns tatuadores na cidade, escolhemos um estúdio que fica a cerca de vinte minutos de onde estamos. Buscamos Alfredo no hotel de cachorros e dirigimos até o local.

Camila passou o caminho todo mexendo as mãos, nervosa, mas sua expressão é decidida. A fachada do lugar é discreta, mas de bom gosto, parece um lugar decente. Da porta, consigo ouvir a música baixa que vem de dentro, e olho da entrada para Camila.

— Pronta? — pergunto, com um sorriso, tentando aliviar sua tensão.

Ela respira fundo e anui.

— Tão pronta quanto posso estar — responde, com um sorriso meio nervoso.

— Quer desistir?

— Não, eu quero fazer, só estou com medo de doer muito. Vamos antes que eu saia correndo — ela fala, me puxando pela mão para entrarmos.

Somos recebidos pelo próprio tatuador, um homem grande e barbudo, com um sorriso amistoso. Como enviei mensagem antes de vir, ele já sabe do que se trata, e enquanto ele prepara as coisas, Camila se senta na maca, parecendo ainda mais inquieta. Me aproximo dela, puxo uma cadeira para perto e seguro sua mão, entrelaçando nossos dedos.

— Se sentir dor, você aperta a minha mão, combinado?

Ela sorri, parecendo menos tensa dessa vez, e seus ombros relaxam um pouco. O tatuador aparece logo depois, com o desenho finalizado em uma folha. São as asas de borboleta que ela escolheu, e ele nos apresenta com orgulho.

— É perfeito! — Camila fala, quase em um sussurro, como se a imagem fosse o bastante para trazer à tona a emoção da escolha.

O tatuador pede que ela se vire de costas para ele, e, com movimentos ágeis, aplica o decalque no ombro dela. Camila respira fundo, e sei quanto está ansiosa para ver o resultado.

— Tá no lugar certo? — ela pergunta baixinho, como se tivesse medo de ofender o tatuador com o questionamento.

Confiro a imagem pelo reflexo do espelho, mas também dou a volta para ver pessoalmente.

— Sim — respondo, e ouço quando ela emite um suspiro de alívio.

O zumbido da máquina ecoa no cômodo quando o homem começa a trabalhar, e Camila fecha os olhos por um segundo. A agulha toca a pele dela, e eu sinto sua mão apertar a minha com força. Ela não fala nada no começo, mas, quando o homem troca as agulhas e começa a colorir o desenho, ouço um choramingo abafado, e Camila morde o lábio para suportar.

— Tá tudo bem? — pergunto baixinho, observando a expressão dela.

— Sim, só dói mais do que pensei — ela responde, com uma risada curta.

Por sorte, é um trabalho pequeno e, quando ele finalmente termina, Camila solta um suspiro de alívio e libera minha mão, olhando por sobre o ombro para conseguir ver melhor. Ela sorri, orgulhosa do resultado.

— Ficou lindo, Mila.

O sorriso se amplia.

— Ficou mesmo, e agora é a sua vez.

Me sento na mesma cadeira, me posicionando de costas para o tatuador, que já deixou o desenho que escolhi preparado. A ideia de homenagear Angel surgiu conversando com Camila, mas agora que estou prestes a fazer, me pergunto por que nunca pensei nisso antes.

— Preparado? — ela pergunta, sentando-se na cadeira que ocupei antes.

Dou uma risada.

— Tão pronto quanto posso estar. — Repito suas palavras, arrancando uma risada dela.

Dessa vez, é ela quem segura minha mão, e logo a máquina começa a trabalhar. A dor é bem tranquila no início, totalmente suportável, e fico em silêncio enquanto o tatuador continua criando. Assim como foi com Camila, a parte mais dolorosa é a última, quando ele vem por cima das linhas, colorindo as asas em branco.

Camila fica na minha frente, os dedos entrelaçados nos meus. E, embora eu não esteja sentindo tanta dor, há algo muito íntimo no que estamos fazendo, em compartilhar esse momento. Quando o tatuador finaliza, olho para o espelho e vejo as asas desenhadas na minha pele, uma parte da minha irmã que agora vai estar sempre comigo.

28

Camila

No dia seguinte, seguimos para Balneário Camboriú, com planos bem definidos. Quando chegamos, o sol está começando a se pôr, mas talvez este seja o melhor horário para o que fomos fazer. Enquanto seguimos para a roda-gigante, Iago me conta um pouco mais sobre sua família e o seu trabalho, mas logo desviamos do assunto e passamos a conversar sobre a nossa viagem.

— No fim de tudo, acha que a viagem foi o que você esperava? — ele pergunta, pensativo. — Quer dizer, com relação a sua mãe e aos planos que vocês tinham.

Penso um pouco antes de responder.

— No começo, eu sentia que estava só fugindo de tudo, como se... como se pudesse fugir do luto. Mas agora... — Faço uma pausa, pensando nas tantas mudanças desde que minha mãe faleceu. — Agora acho que foi exatamente como ela esperava que fosse. Me diverti, visitei muitos lugares novos e, bom, também conheci você.

Iago sorri, mas não chega a responder, porque logo à frente avistamos a FG Big Wheel, que se ergue realmente como uma gigante sobre a cidade, brilhando quando suas primeiras luzes se acendem.

— Vamos! — Me arrastando pela mão, como ele sempre faz quando está animado, Iago compra nossos ingressos e me leva até uma das cabines, e eu sigo sem hesitar.

Nos sentamos um de frente para o outro e esperamos por poucos minutos, enquanto outras pessoas também tomam seus lugares. Quando a roda começa a se mover, sinto um leve friozinho na barriga, e um sorriso espontâneo toma conta do meu rosto.

A vista é incrível. Começamos a subir e, de onde estamos, posso ver os prédios ficarem menores, contracenando com o mar azul sem fim que toma conta da imensidão à nossa frente. É impossível não ficar deslumbrada, encarando a paisagem, mas sou trazida de volta à realidade quando escuto o obturador e percebo Iago tirando uma foto minha, sem avisar.

— Ei! — protesto, surpresa. — Acho que logo vai querer abandonar a empresa da família e se tornar fotógrafo!

— Esse é o seu trabalho — ele responde, com um sorriso que me desarma. — Mas estou gostando de ser seu assistente.

Arqueio as sobrancelhas, sorrindo.

— Até que você não é dos piores.

— Eu gosto disso, sabe? Meu trabalho é algo que gosto de fazer, mas confesso que o seu é mais divertido.

Faço careta, apesar de concordar com ele.

— Pode até ser, mas o seu tem um salário decente, segurança, e deve ter um monte de benefícios — falo, com o olhar estreitado.

— Vale-refeição e plano odontológico atraem você?

Sorrio, lançando a ele meu olhar mais sexy.

— Eu poderia te seduzir para conseguir alguns desses benefícios.

Nesse momento, chegamos ao topo, e Iago se divide entre olhar para o horizonte e para mim. É impossível não sentir as borboletas novamente, dessa vez no meu estômago, porque ele age como se estivesse dividido entre duas imagens igualmente maravilhosas. Ele não diz nada, mas, pela primeira vez em muito tempo, me sinto completamente em paz.

Infelizmente, o passeio não dura muito, é apenas uma volta, mas é o bastante para fazer nossa ida até ali valer a pena. Logo que saímos da roda-gigante, Iago me chama para comer num restaurante em frente à praia.

O lugar é descontraído, e uma banda está tocando música ao vivo, mas decidimos nos sentar em uma mesa do lado de fora, onde o som da cantoria é abafado pelo barulho do mar. Daqui, consigo ver vários chalés de madeira construídos na encosta, sobre as rochas, e imagino as ondas se quebrando nas pedras. Deve ser incrível ficar hospedado em um local assim.

Pedimos uma porção de batatas fritas e uma jarra de suco de laranja. Como vamos continuar na estrada e voltar para Florianópolis para buscar Alfredo, que ficou no hotelzinho, preferimos não beber nada alcoólico

— E as fotos que você tem inscrito nos concursos? Algum retorno? — ele pergunta, pescando uma batata da vasilha no centro da mesa.

— Ainda não — respondo, sentindo um aperto no peito. — Tenho medo de que tenha que ficar muito tempo com a Beatriz em Porto Alegre, por não conseguir nada.

Iago meneia a cabeça, com uma risadinha.

— Deixe de falar bobagem. É claro que vai surgir alguma coisa. Eles seriam idiotas se não quisessem as suas fotos — fala, com uma convicção que eu gostaria de ter.

Como fico em silêncio, Iago me fita com compreensão, provavelmente porque entende o que não estou dizendo.

— E se eles forem mesmo idiotas? — indago, também comendo uma das batatas.

Ele suspira, dando de ombros.

— Vão aparecer outras possibilidades, vindas de pessoas inteligentes — responde, convicto. Talvez ele tenha razão, e a única coisa a se fazer agora seja acreditar que algo vai surgir na hora certa.

Quando terminamos de comer, Iago paga a conta, apesar da minha insistência para dividirmos, e, depois, caminhamos na beira da praia. Agora já é noite, e o mar traz uma brisa fresca, gostosa, que bagunça meu cabelo enquanto meus pés se afundam na areia.

— O que acha de entrar na água agora? — testo, fazendo suspense.

— Você é maluca, sabe disso, não é?

Fico em silêncio, mas a forma como Iago me olha faz meu coração bater um pouco mais rápido. Há algo em seu tom, na maneira como me fita, que me faz ter certeza de suas intenções, e não me refiro a intenções românticas.

— Ei! Você mesmo disse, a maluca aqui sou eu, você não ouse, seu ladrão de comida! — Aponto o dedo para ele antes de sair correndo pela areia.

Iago gargalha e corre atrás de mim. Ouço seus passos abafados e me empenho em colocar uma distância ainda maior entre nós.

— Vai jogar esse pastel na minha cara pelo resto da vida? — ele grita.

Sinto seus braços envolverem minha cintura e solto um gritinho, seguido por uma gargalhada. Me debato, tentando evitar o mar, mas Iago desiste logo que pisa na água fria e volta correndo comigo para a areia seca.

Me colocando no chão, ele ainda está sorrindo quando se aproxima mais, os dedos tocam meu rosto levemente e, quando nossos olhares se encontram, o mundo parece desacelerar. Me inclino um pouco e toco sua nuca, me erguendo na ponta dos pés.

Quando seus lábios encontram os meus, sinto que o tempo para mais uma vez, e tudo que ainda existe e se movimenta somos nós dois. Não é um beijo apressado, não é urgente como já foi em outras vezes, esse é um beijo calmo, que transmite tudo o que não colocamos em palavras. Um beijo que faz com que os pelos dos meus braços se arrepiem, criando uma expectativa pelo que virá depois. De alguma forma, nossos caminhos, antes separados, foram traçados até um ponto em que se encontraram, como se já estivesse escrito nas estrelas, ou desenhado nas asas de uma borboleta.

O beijo termina, mas nós ainda estamos muito perto. Iago fita meus olhos com carinho, e eu sorrio, sentindo que poderia explodir de felicidade pelo que estamos compartilhando.

É estranho pensar que o que nos trouxe até aqui foi o luto, que a maior tristeza da nossa vida nos rendeu momentos como esse. Mas, pela primeira vez em muito tempo, eu realmente acredito que o futuro pode ser maravilhoso.

29

Iago

Depois de buscarmos Alfredo, seguimos viagem para o Rio Grande do Sul. Desde o início, Camila e eu dissemos que seria esse o nosso ponto de despedida, onde nossos caminhos se separariam. Mas agora que estamos chegando, sei que nenhum de nós tem mais isso em mente.

Fazemos nossa primeira parada em uma cidade pequena, porque precisamos de um lugar para passar a noite. Como temos feito desde o começo, optamos por um camping bem completo, que também tem um restaurante.

Logo que chegamos, percebemos que há uma festa acontecendo. Muitas luzes foram penduradas em varais, iluminando o espaço aberto, e uma fogueira alta convida as pessoas a se aproximarem e se aquecerem do ar frio da noite gaúcha.

Mesmo não conhecendo ninguém, Camila está animada, e seu entusiasmo me contagia. Passamos o dia na estrada, mas quando ela sorri, toda empolgada com as comidas típicas e o agito da festa, meu cansaço parece evaporar.

— Vocês chegaram na noite certa! — diz dono do camping ao nos conduzir para perto do fogo. — Hoje temos muita música boa, comida e bebida. Podem ficar com os outros campistas, mas quando quiserem descansar, fiquem à vontade. Só não posso garantir silêncio — ele brinca.

Camila assente, sorrindo. O que mais estou gostando em viajar assim é justamente a imprevisibilidade de tudo. Um dia você pode estar seguindo um roteiro milimetricamente calculado, fazendo passeios há muito planejados, e no outro pode ter dois pneus furados e terminar em uma pousada no meio do nada, ou em uma festa com um monte de desconhecidos. O Iago que eu era antes dessa viagem, e antes de Camila, ficaria chocado com a admissão.

O dono do lugar se despede, e caminhamos lado a lado pelo terreno iluminado até chegarmos à área principal. Várias mesas foram postas, cheias de comida, vinho e chimarrão, e muitas outras pessoas se misturam em uma conversa animada e uma dança descoordenada.

O que torna tudo melhor é o fato de que a festa parece ter surgido sem pretensão alguma, como se as pessoas aparecessem trazendo comida, outras se juntassem com as bebidas e, de repente, isso tivesse início. É claro que não deve ser o caso, mas tenho essa sensação, já que todos estão tão confortáveis.

Em dado momento, Camila olha para mim e sorri, e, mesmo em silêncio, sei que estamos pensando no quanto esse tipo de experiência é justamente o que buscamos nessa viagem.

Nos sentamos a uma mesa comprida de madeira. O cheiro de churrasco, feito ali mesmo, em uma vala, invade o ar, fazendo meu estômago roncar. Por sorte, a música é alta o bastante para que Camila não escute.

Quando vemos que outras pessoas estão se servindo, nos levantamos e buscamos nossos pratos.

— Acho que essa foi a melhor surpresa até agora — falo, olhando para Camila, que devora um pedaço de carne.

Ela sorri, me lançando um olhar divertido.

— Diz isso por causa do churrasco, esfomeado?

— Olha quem fala! Está se esbaldando com essa carne aí. Vai lamber o prato?

Camila estreita os olhos para mim.

— Sabe de uma coisa? — pergunta, pensativa. — Acho que em todos os lugares que paramos, tivemos essa impressão. Eu já te ouvi falar que era a melhor parada antes.

— Tem razão — concordo, tomando um gole do vinho que pegamos na mesa.

A bebida é forte e encorpada, perfeita para o frio que está fazendo. A fogueira aquece as mesas ao redor, mas, nas minhas costas, o vento ainda é cortante.

— Primeiro achamos isso em Trindade — Mila fala, me lançando um sorriso travesso.

— E depois em Campos. Você está certa, mas acho que, tirando a nossa briga, a pousada no Paraná foi nosso maior acerto.

— Diz isso porque você se deu bem — ela brinca, dando uma piscadinha.

Não tenho vergonha de rir e admitir.

— Por isso mesmo, foi uma noite e tanto.

Percebo que Camila planeja me dar um tapa, ou talvez atirar um pedaço de carne em mim, mas somos interrompidos pela aproximação de sr. Carlos, o anfitrião.

— Por que não vão dançar? — sugere, animado, e talvez já um pouco bêbado. — Ajuda a esquentar o corpo!

Camila ri ao escutar a ideia, e eu olho para ela com uma sobrancelha levantada, considerando a sugestão.

— Você quer dançar?

Ela nem hesita.

— Claro, mas saiba que não sei dançar direito.

Me levanto, estendo a mão para ela e faço uma reverência exagerada.

— Se no luau não te mostrei minhas habilidades, senhorita, me permita mostrar como sou um pé de valsa.

Camila gargalha, e Carlos ri junto, mas festeja ao ver que ela aceita o convite e pega minha mão, deixando-se levar pela brincadeira.

Eu a puxo para perto da fogueira, onde outros casais já estão dançando ao som da música animada, que nada tem a ver com uma valsa, mas que é composta pelos sons de violões e gaitas. A maioria dos casais parece saber o que faz, e acho que nossa dança não vai ser tão elegante.

— Sabe que essa dança é meio diferente, né?

— Não se preocupe, vamos passar vergonha juntos — respondo, rindo com ela.

Começamos a dançar, desajeitados, tentando copiar o que os outros fazem, e logo estamos rindo como duas crianças. Camila se apoia em meus ombros, e enlaço sua cintura, nos conduzindo da pior forma já vista.

Mas o que importa é que estamos nos divertindo. E divertindo as pessoas ao nosso redor.

— Somos ridículos. — Camila ri, tentando se equilibrar quando faço um giro com ela nos braços.

— Ridiculamente memoráveis — respondo, fazendo graça.

A cada trombada que damos, e são muitas, ela ri alto, me fazendo rir junto. Sua risada é contagiante e, por pior que sejamos como dançarinos, esse momento me faz perceber quanto somos bons em todo o resto.

Quando a primeira música termina, outra começa em um ritmo mais lento. Eu a puxo para mais perto, e Camila se aconchega em meu peito. Dançamos assim, nos movendo de um lado para o outro, com uma coordenação bem melhor dessa vez.

Dançamos por mais alguns minutos antes de procurar Alfie, que já tomou conta do terreno. Reunidos, montamos acampamento e nos organizamos para dormir. Agora que estamos definitivamente juntos, não há necessidade de que eu durma na caminhonete.

Quando finalmente nos deitamos, a música ainda está alta, mas depois de fecharmos o zíper da barraca, o som fica abafado e não chega a ser um grande incômodo. Principalmente porque do lado de dentro também estamos bem ocupados, perdendo a noção do tempo e encontrando o valor de cada segundo.

30

Camila

Estamos sentados ao lado da barraca. Iago colocou a manta sobre a grama úmida, e espalhamos alguns guias de viagem que coletamos, para decidirmos nosso roteiro dentro do estado.

Ainda consigo sentir o cheiro da fogueira de ontem, mas não há sinal da música nem daquele monte de gente. Como a festa foi até tarde, a maioria deve estar dormindo ainda. Iago aponta para um dos mapas.

— E se mudarmos o plano e formos ao Uruguai? — ele sugere, com um tom brincalhão. — Podemos atravessar e chegar lá em pouco tempo.

Balanço a cabeça, negando.

— Sem mudança de planos. Vamos passar pela serra, ver as paisagens, ir a Gramado, Bento Gonçalves...

Ele arqueia as sobrancelhas.

— Olha só, a minha garota leve, livre e solta quer seguir o roteiro inicial.

Mostro a língua para ele, mas, no fundo, meu coração dá um solavanco ao ouvir o modo como ele se refere a mim. Minha garota.

— Será a serra, então. Podemos pegar o caminho mais longo e aproveitar para conhecer mais lugares. — Ele sorri, e o jeito como seus olhos brilham me faz esquecer todo o resto. Somos só nós, sem pressa, sem obrigações, curtindo cada etapa.

No entanto, a realidade tem um jeito engraçado de nos puxar de volta, e, antes que eu possa sugerir alguma coisa, meu celular vibra ao meu lado. Desvio o olhar para a tela, encontrando a notificação de um e-mail.

Alcançando o aparelho, abro o aplicativo do e-mail e, ao me deparar com o nome do remetente, meus olhos se arregalam com o susto.

É um e-mail da revista *Natural*, e, por um instante, acho que meu peito vai explodir com as batidas agitadas do meu coração. Eu ainda nem abri a mensagem e estou tremendo de ansiedade.

Inscrevi algumas fotos em um concurso deles, mas já tem semanas, e eu não tinha grandes expectativas. Mas agora...

— O que foi? — Iago parece notar minha tensão.

— Eu... Só um minuto — murmuro, enquanto abro o e-mail.

Meus olhos percorrem rapidamente as palavras ali escritas, e quase não consigo acreditar no que estou lendo.

Prezada Camila,

Esperamos que este e-mail a encontre bem.
Suas fotos foram selecionadas em nosso concurso Beleza Natural, e gostaríamos de falar com você a respeito da nossa proposta de trabalho e da premiação.
Nos retorne assim que possível com seu número de telefone para que possamos conversar melhor.
At.te,

Laura Eveline

Enquanto digito a resposta apressadamente, meu coração bate ainda mais forte.

— Camila? — Iago chama, o tom um pouco preocupado.

— É um e-mail de trabalho — respondo, com um sorriso nervoso.

Mal termino de falar, e meu celular vibra novamente, com uma chamada de um número desconhecido. São eles. Só podem ser eles.

— Vou atender e já volto — falo, me levantando.

Caminho em direção a um canto mais silencioso, e respiro fundo algumas vezes, tentando me acalmar antes de atender.

Levo o aparelho ao ouvido.

— Alô...

— Camila? Aqui é Laura, da revista *Natural*. Nos falamos por e-mail agora há pouco.

— Oi, Laura. Tudo bem? — respondo, quase desmaiando aqui mesmo.

— Tudo ótimo! Primeiro, preciso dizer que suas fotos são incríveis, ficamos apaixonados pela forma única como você consegue capturar as paisagens.

— Eu... Obrigada! — Tento manter a voz estável, mas é difícil quando se está quase tendo um troço no coração! — Que bom que vocês gostaram, fico muito feliz.

— Gostar nem chega perto! Bom, como te disse no e-mail, você foi a vencedora do nosso concurso, e vai receber um prêmio de cinco mil reais — ela conta, e eu fecho os olhos, agradecendo a Deus em silêncio.

Logo quando meu dinheiro já estava só pela misericórdia.

— Eu nem sei o que dizer...

— Então escuta que tem mais! Estamos entrando em contato porque, além do prêmio, temos uma proposta para você.

Me encosto em uma árvore, porque, dependendo de como for, já estou escorada pra cair dura aqui mesmo.

— Proposta?

— Temos uma expedição montada para fotografar a Cordilheira dos Andes, no Chile e na Argentina, queremos capturar tanto as paisagens das montanhas quanto a vida animal da região e, como é um trabalho extenso, já estava tudo resolvido, mas um dos meus fotógrafos pulou do barco no último minuto.

Ela faz uma pausa, e eu mal consigo acreditar no que estou ouvindo.

— Suas fotos têm o olhar que eu quero neste trabalho, você consegue conectar a natureza com a emoção humana, entende? E, bom, eu tenho uma vaga na equipe que precisa ser preenchida urgentemente.

Mal posso acreditar no que estou ouvindo, e por isso mesmo preciso confirmar.

— Está dizendo que quer que eu substitua o fotógrafo da equipe? Para fotografar para a revista?

— Exatamente — Laura responde, sem hesitar. — Queremos que vá com a gente, e, é claro, o pagamento é muito bom. Além disso, suas fotos farão parte de uma série especial da revista, vão agregar ao seu portfólio, e isso pode te abrir muitas portas no futuro.

Sinto o ar faltar por um segundo.

Fotografar as Cordilheiras é um sonho, e não só isso, mas esse projeto é uma oportunidade inacreditável para a minha carreira. Algo que eu jamais imaginaria. Nem em sonhos!

Por um segundo, fico pensando nas paisagens que vou poder capturar, nas montanhas cobertas de neve, na luz única que existe naquela altitude.

— Nossa, parece... incrível. — Tento encontrar palavras, mas ainda não me recuperei da surpresa.

— Olha, Camila, você e eu sabemos que esse trabalho pode mudar sua carreira, mas nem tudo são flores. Além do frio, óbvio, tem um porém, está tudo programado pra gente ir já na próxima semana.

— Na próxima semana? — repito, um pouco atordoada com a informação. — Já?

— Sim, nosso voo sai de São Paulo, já está tudo organizado para o grupo da expedição, mas precisamos da sua confirmação o quanto antes.

Uma semana. Essa proposta é muito mais do que já ousei sonhar, mas também significa que vou ter que sair daqui e deixar Iago, encerrar a viagem em um ou dois dias no máximo.

Prometi a mim mesma que nunca colocaria alguém na frente dos meus sonhos, que meu trabalho seria sempre a minha prioridade. Por isso não entendo por que não respondo de imediato, e sinto meu peito se apertar.

— Camila? — A voz de Laura me traz de volta à realidade.

— Eu... Por quanto tempo vai ser? — pergunto, meio hesitante.

— Cerca de dois meses. O clima pode atrapalhar um pouco, mas, nesse tempo, vamos ter todo o material de que precisamos. O que me diz?

Meus olhos recaem sobre Iago, que agora está desmontando a barraca em que dormimos ontem à noite, e sinto o aperto se intensificar.

— Sim, eu aceito o trabalho.

— Perfeito! Estou feliz em ter você com a gente, vou te enviar todas as informações sobre a expedição.

— Obrigada — respondo, tentando esconder o quanto estou dividida.

Nos despedimos e desligamos, mas fico parada por alguns minutos, encarando o chão. Minha cabeça está cheia.

Essa é a minha grande chance, o tipo de projeto que poderia me levar a um novo patamar como fotógrafa, eu deveria estar pulando de alegria, mas, em vez disso, sinto um nó no peito.

Até pouco tempo atrás, eu teria dito sim a esse trabalho sem nem um pingo de hesitação, mas a ideia de deixar Iago me assusta, me incomoda de uma forma que é totalmente nova para mim.

Talvez se tivéssemos uma relação consolidada, de anos, fosse tudo mais fácil. Mas como estamos nos envolvendo, nos apaixonando e é tudo muito novo, tenho medo de que o distanciamento acabe com o que estamos construindo.

Eu sempre disse que ninguém ficaria entre mim e meus sonhos. Mas e se esse alguém também for um dos meus sonhos?

Respiro fundo, tentando ordenar os pensamentos. Tenho uma semana para estar em São Paulo, e preciso encontrar uma forma de contar a Iago.

31

Iago

Estou dirigindo para Gramado, e as montanhas surgem à medida que nos aproximamos, nos brindando com uma paisagem de tirar o fôlego. O som está ligado, mas o silêncio entre Camila e eu começa a me incomodar.

Geralmente o silêncio não é ruim entre nós, mas hoje parece diferente. Ela não está reflexiva, está distante e estranha. Às vezes, mexe no celular e me encara de um jeito esquisito, com tristeza, sei lá, e, em alguns momentos, quando converso com ela, parece estar em outro lugar.

Pode ser bobagem, mas ela está agindo muito diferente da garota animada e cheia de energia de ontem na festa. Chego a pensar que está arrependida. Talvez ache que tudo está acontecendo muito rápido, que temos pouco tempo de convivência e que não deveria ter se declarado. Talvez ela tenha dito tudo no calor do momento.

Será que, para ela, nós fomos longe demais? Ou, pelo contrário, será que ela está se questionando sobre o futuro? Porque não conversamos sobre o que vamos fazer quando a viagem terminar...

— Tudo bem, Mila? — pergunto, sondando sua reação.

Camila apenas me olha e assente.

— Sim, só estou com muita coisa na cabeça.

Por ora, aceito a resposta. Não quero forçar nada, mas a sensação de que algo está errado apenas cresce.

Chegamos a Gramado no fim da tarde. As ruas estão cheias, e percebo que Camila parece interessada nas construções ao estilo europeu, um pouco menos distraída que antes.

Como é nossa primeira noite na cidade, encontro um bom restaurante para jantarmos, e me surpreendo ao ver que o lugar tem um clima todo romântico, com direito a velas sobre as mesas e tudo mais.

Logo que nos sentamos, pedimos o vinho da casa e um fondue de queijo que parece delicioso. Tudo deveria estar perfeito, mas o distanciamento de Camila ainda me incomoda. Ela está com o olhar perdido, brincando com o anel no indicador.

— Camila... — Me inclino um pouco na mesa para fitar seus olhos. — O que está acontecendo? Você está estranha desde que saímos do camping.

Eu esperava que ela negasse, mas, em vez disso, Camila ergue os olhos e solta um longo suspiro.

— Eu estou estragando tudo, né? É que tenho que te contar uma coisa. — Ela respira fundo, como se tentasse encontrar as palavras certas. — Lembra quando recebi aquela ligação de manhã? Era sobre algumas fotos que inscrevi em um concurso.

— Espera, você ganhou?

Ela abre um sorriso enorme, aquiescendo.

— Ganhei...

— Mas isso é fantástico! Por que não falou nada?

— É que... eles me chamaram para um trabalho.

Eu sorrio, sem entender o motivo da preocupação no rosto dela.

— Melhor ainda, não é? Era o que você queria.

Ela anui, mas morde o lábio, me deixando apreensivo.

— Eu preciso falar, mas ao mesmo tempo que tenho medo de que você não entenda, tenho receio de estar sendo boba e de você nem ligar — fala, com uma risada tensa. — É que o trabalho é no Chile e na Argentina, uma expedição para fotografar as Cordilheiras. — As palavras saem de uma vez.

Pisco, tentando assimilar o que ela está me dizendo.

— É o trabalho perfeito, Iago. Vai me render um portfólio de ouro, uma oportunidade única na carreira, sem falar no salário. Só que... preciso sair de São Paulo em uma semana e vou ficar fora por dois meses.

A notícia cai sobre mim como um baque, e não preciso de mais que alguns instantes para entender o que isso significa. Esse trabalho significa que ela vai embora, e muito em breve. Por um momento, não sei o que dizer. Nós acabamos de nos encontrar, e agora ela vai partir.

Mas minha hesitação não dura um minuto inteiro, porque não posso deixar que o que estou sentindo transpareça. Desde o começo, Camila deixou muito claro quais eram seus planos e quanto sua carreira era importante, e ela merece realizar cada um de seus sonhos.

— Uau... — murmuro, tentando processar. — É incrível, Camila, é mesmo uma grande oportunidade. Você aceitou, não é?

Ela me olha, surpresa, como se não esperasse por essa reação.

— Eu aceitei, mas... Você acha mesmo que é incrível? — Percebo que há dúvida na voz dela.

— Claro que acho. — Coloco a taça de vinho de lado e seguro sua mão por sobre a mesa. — Você mesma disse que é o tipo de oportunidade que pode mudar sua carreira. Acha que eu seria egoísta a ponto de te pedir pra ficar?

Ela pondera, inclinando um pouco o rosto, e eu continuo sendo sincero em cada palavra.

— Nós nos conhecemos há pouco tempo, mas mesmo que tivéssemos passado a vida inteira juntos, eu te diria para ir.

Camila baixa o olhar por um instante. Ela sempre foi muito convicta de suas opiniões, e apesar de saber que ela não desistiria dessa oportunidade por minha causa, o que nem eu quero que faça, me sinto lisonjeado por saber que sou importante o bastante para tornar sua decisão difícil.

— E o que vai acontecer depois? — ela finalmente pergunta, a voz em um sussurro. — Com a gente?

Sinto um nó se formando na minha garganta, mas não tenho como dar uma resposta diferente.

— Não foi o destino que nos colocou no caminho um do outro? Quando você voltar, eu vou estar aqui, vou acompanhar cada passo seu de longe, onde quer que você esteja. E quando voltar, espero que me procure.

Ela pisca algumas vezes, tentando segurar as lágrimas que ameaçam cair. Eu sinto algo parecido, mas me esforço para não demonstrar.

— A gente está... junto tem pouco tempo.

— Não vai ser fácil — respondo, sendo sincero. — Vou sentir sua falta, mas é a sua carreira, o seu sonho. E eu seria um babaca se me tornasse um obstáculo.

Ela aperta minha mão com mais força, e, por um momento, ficamos em silêncio.

— Eu só não esperava que fosse tão rápido, nem tão difícil — ela diz. — Eu não podia recusar, mas dizer sim foi uma das coisas mais difíceis que já fiz, porque não queria me afastar logo agora que te encontrei.

— Isso prova que o que nós temos é especial. Se te faz questionar, é porque vale muito. E, por isso mesmo, você vai lá e vai dar o seu melhor, e quando voltar... O que tem que ser acontece de qualquer jeito, né?

— É, acho que sim.

32

Camila

Estamos na entrada do aeroporto, em São Paulo. Precisei comprar uma mala e algumas roupas de frio, mas o dinheiro do prêmio me ajudou com isso.

Com as mãos enfiadas nos bolsos do casaco, encaro Iago à minha frente, o silêncio entre nós parece gritar mais alto do que qualquer palavra.

O momento inevitável da despedida chegou, e sinto como se estivesse prestes a abrir mão de algo de que eu nem sabia que precisava tanto, é como se eu estivesse deixando um pedaço meu para trás.

Ainda estou esperando que alguma coisa seja dita, algo que defina o que somos ou o que será de nós depois que meu avião partir, mas sei que isso não vai acontecer.

Iago vai esperar que eu procure por ele, mas sem fazer promessas, e sem palavras demais. Ele não deseja me prender a um compromisso, quer que eu me concentre no trabalho e me realize profissionalmente, mas não sabe quanto quero estar presa. E eu também não digo.

Ele parece estar em paz com minha partida, e talvez eu devesse estar também. Só que não estou.

— Eu... — começo, mas as palavras me falham.

Ele apenas sorri, mas é um sorriso que não chega aos olhos.

— Você sabe que vai ser incrível. — Sua voz é calma, me tranquilizando.

Sei que ele está certo. Esperei a vida inteira por algo assim, mas, mesmo sabendo disso, o aperto em meu peito persiste.

Não é o tempo longe dele, nem a distância, mas o receio de que esse tempo e essa distância nos deem outra perspectiva sobre o que vivemos, banalizem o que criamos e acabem nos afastando. Tenho medo de que, ao partir, eu esteja deixando para trás não apenas o homem com quem passei semanas intensas e por quem me apaixonei, mas um possível futuro ao lado dele.

— Eu sei — respondo, finalmente.

Por um instante, ficamos apenas olhando um para o outro. O que tiver de ser será, e é nisso que quero acreditar.

Eu o abraço apertado e, me inclinando, dou um beijo rápido em seus lábios, sentindo o calor do seu corpo por um momento antes de me afastar.

— Tome cuidado por lá, se agasalhe direito... — ele fala, e seus olhos o traem por um segundo, mostrando uma preocupação que não parecia estar ali.

Aquiesço e, pegando a alça da mala, me viro de costas para ele, antes que as lágrimas comecem a cair. Sinto seu olhar me acompanhar por um tempo, até não ser mais possível.

Do lado de dentro, o aeroporto é caótico, cheio de pessoas indo de um lado para o outro, falando em vários idiomas.

Meu coração ainda está pesado, mas me coloco em movimento e tento me concentrar na expedição. No trabalho. Preciso focar isso e aproveitar.

De longe, avisto uma mulher com uma prancheta nas mãos com o meu nome escrito; seus olhos varrem o lugar à minha procura. Aceno para ela, que sorri, e me aproximo. A seu lado estão outras pessoas, provavelmente as que compõem a equipe.

— Camila, que bom que chegou! Eu sou a Laura, prazer! — Laura me cumprimenta com entusiasmo, segurando minha mão. — Vai ser uma aventura e tanto!

— Vai mesmo! — respondo, afastando os pensamentos.

Laura me apresenta aos colegas, e todos são simpáticos e parecem entusiasmados. Fico animada ao conversar com eles e ouvir as histórias sobre os lugares que já visitaram em outras expedições.

Escutar tudo isso me faz lembrar por que estou aqui. A fotografia sempre foi minha paixão, e algumas aspirações estavam totalmente fora da minha realidade, mas hoje elas vão se concretizar.

Depois de algum tempo, somos finalmente chamados para o embarque, e a animação dos outros integrantes do grupo me contagia à medida que a fila avança para entrarmos no avião. O aperto no peito que senti ao me despedir de Iago ainda está aqui, mas um pouco menos nítido, abafado pela empolgação que começa a tomar conta de mim.

Além de todas as novidades, esse é o meu primeiro voo. O barulho dos motores, os comissários de bordo apressados andando pela aeronave, as instruções... tudo é novo para mim, e é impossível não sentir um frio na barriga.

Me acomodo na poltrona, coloco o cinto e respiro fundo. Laura se senta ao meu lado e puxa conversa, me contando sobre uma viagem semelhante que organizou para a Patagônia no ano passado.

Tento me concentrar no que ela diz, porque é interessante e porque eu gostaria mesmo de ver tudo o que ela está descrevendo, mas, inevitavelmente, meus pensamentos correm para Iago.

Se ele estivesse aqui, com certeza contaria piadas para aliviar a tensão, e quando o avião começasse a decolar, ele seguraria minha mão para me tranquilizar. É estranho como a sensação de liberdade e a de perda se misturam tanto.

O avião começa a se mover. É uma sensação incrível, mas também assustadora. E a cada metro que percorremos na pista, sinto o peso de estar literalmente me afastando de Iago.

Por fim, decolamos. O mundo abaixo de mim vai ficando menor, as luzes da cidade se perdem no meio das nuvens, e me sinto empolgada por estar voando pela primeira vez, por saber que vou explorar um novo país.

E igualmente triste por Iago não estar aqui para compartilhar esses momentos comigo. O que me resta é esperar, fotografar o mundo e torcer para que, quando esse trabalho chegar ao fim, ele ainda esteja esperando.

33

Iago

É estranho voltar para casa depois de tanto tempo na estrada. Entro na cidade, e, olhando ao redor, sei que tudo por aqui seguiu seu curso natural enquanto eu estava em uma outra realidade. Desde o início, meu plano era seguir até o Rio Grande do Sul e retornar, mas nem cheguei a ir em todas as cidades que pretendia, porque, sem Camila, tudo perdeu a graça. Alfie está de volta ao banco do passageiro, com a cabeça descansando na janela, observando a nossa cidade.

Aqui reconheço cada rua, cada loja e cada esquina. Tudo é tão familiar, exatamente como era antes da viagem, mas, dentro de mim, as coisas estão muito diferentes.

Como ainda são três da tarde, dirijo para a empresa. Não avisei a ninguém que voltaria hoje, querendo pegar minha mãe de surpresa. Estaciono a caminhonete na entrada e desço. Ainda na porta, consigo sentir o cheiro do café. Minha mãe sempre faz duas garrafas cheias no fim da tarde, como um ritual para receber qualquer cliente que entre pela porta.

Mal coloco os pés na loja e a vejo. Ela desce as escadas com um monte de papéis nas mãos, mas para ao me ver e abre um sorriso enorme.

— Meu filho!

Descendo rapidamente, ela deixa a papelada no balcão e caminha em minha direção com os braços abertos, me envolvendo em um abraço apertado.

— Oi, mãe. — Aperto seu corpo magro contra mim, sentindo o conforto familiar de estar em casa.

Ela se afasta um pouco e me olha com atenção, como se conferisse se está tudo certo comigo. Antes que ela possa perguntar qualquer coisa, Juliano aparece no alto da escada. Meu amigo abre um sorriso largo enquanto se aproxima.

— E o bom filho à casa torna! — ele brinca, e também me dá um abraço rápido, batendo nas minhas costas. — Que bom que voltou, não aguentava mais sua mãe perturbando o meu juízo.

Ela olha feio para ele.

— Se estiver cansado, eu posso te demitir, Juliano. Não fique onde não se sente confortável — ela alfineta.

— Sem brigas, crianças. Acabei de chegar — falo, me sentindo bem ao perceber quanto tudo segue igual por aqui.

— E como foi a viagem? — mamãe pergunta, me sondando por entre os cílios volumosos.

— Muito boa. — Tento manter a resposta vaga.

Sei muito bem que ela quer saber sobre Camila, mas não quero entrar em detalhes logo agora. Só que minha mãe não deixaria passar tão facilmente.

— Mas e a garota? Camila, não é Juliano? — questiona, se voltando para o meu amigo traíra.

— Você fala demais, Juliano.

— Eu? Ela é insistente, cara! O que eu ia dizer? Que emprestei a casa em Campos pra você se divertir sozinho?

— Falou da casa? — Lanço um olhar mortal a ele.

— Não implica com o Juliano, Iago! Se não fosse ele, eu não ia saber de nada, seu desnaturado!

Dou de ombros, tentando parecer despreocupado.

— Enfim, a Camila é ótima. Nos conhecemos por acaso, e agora ela teve que viajar a trabalho, não tenho muita coisa a dizer.

Ela me olha de esguelha, como se não acreditasse muito na minha explicação, mas ao menos por enquanto resolve deixar para lá.

— E onde está o papai? — Olho ao redor e vejo um dos nossos vendedores na recepção e as meninas que trabalham no caixa, mas não o encontro em parte alguma.

— Adivinha? Tomando café, é claro.

Mas ele não demora a aparecer, vem dos fundos da loja, onde fica a cozinha, e está limpando as mãos em um pano de prato.

Ele é bem mais contido que minha mãe, mas, ao me ver, abre um sorriso largo e se aproxima de nós.

— E aí, rapaz? Sentimos sua falta por aqui — fala, me abraçando. — Como foi a aventura?

— Foi tudo tranquilo, pai. Como andam as coisas aqui na loja?

— Nada fora do comum — ele responde, satisfeito. — Cuidei de tudo.

Juliano faz um gesto negativo pelas costas, e tenho que me segurar para não rir. Sabemos que eu fiz o que precisava ser feito, mesmo à distância, e Juliano tomou conta do restante, mas faz bem ao meu pai saber que cumpriu a parte dele.

Subo para o meu escritório, com os três me acompanhando. Conto um pouco sobre os lugares que vimos, as cidades que visitamos, mas prefiro não falar claramente do meu envolvimento com Camila.

Não sei por que a estou escondendo, talvez seja medo de descobrir que ela não vai voltar, ao menos não para a minha vida.

Depois de passar tempo com eles, deixo a loja e sigo para o meu apartamento. Como estou cansado e acabo de chegar, não é difícil explicar que quero a minha casa.

Volto para a caminhonete, onde Alfredo ainda me espera, com a cabeça para fora, vendo o movimento da rua.

— Vamos pra casa, Alfie.

Minha casa não fica distante e, tão logo passamos pela porta, Alfredo corre para explorar, como sempre faz quando ficamos fora por um tempo.

Me largo no sofá e ligo a televisão, mas não presto atenção ao que está passando, só a estou usando como barulho de fundo para abafar o silêncio. E meus pensamentos vagam direto para Camila. Me despedir dela foi uma das coisas mais difíceis que já fiz, porque, por mais que seja temporário, as dúvidas estão rondando a minha cabeça desde que soube do trabalho dela.

Sinto falta de Camila, muito mais do que achei que sentiria. É estranho que eu tenha sentimentos tão fortes, considerando o tempo que passamos juntos, mas talvez seja justamente por isso. Assim como no início da viagem, ela me pegou de surpresa, tudo o que vivemos foi intenso e não planejado. E, quando dei por mim, estava mais de quatro pela garota do que o próprio Alfredo.

Agora é como se eu estivesse me ajustando a uma nova realidade, uma em que Camila não está nem no mesmo país que eu. E, por mais que eu espere que ela retorne, dois meses são tempo suficiente para que ela mude de ideia.

Me lembro do último beijo no aeroporto, da forma como ela me olhou, como se esperasse por algo. Eu não quis fazer qualquer promessa, não por mim, mas porque acho que ela merece viver essa experiência sem pressa, sem sentir que me deve algo ou que precisa dividir o tempo entre a realização do seu sonho e manter uma relação à distância.

E talvez essa decisão tenha sido mesmo a melhor naquele momento. Mas agora que estou aqui sentado sozinho, começo a me questionar se agi certo. Talvez eu devesse ter dito mais.

A essa hora, ela pode estar desembarcando, e, pelas próximas semanas, vai se divertir fotografando as montanhas, a neve e os animais, fazendo exatamente o que sempre desejou.

Camila pode ter vivido parada no mesmo lugar por muito tempo, mas se transformou no tipo de pessoa que persegue seus sonhos, que não desiste deles, e eu me orgulho de ter feito parte de sua jornada de transformação, a metamorfose da minha borboleta.

Passo a mão pelo cabelo, frustrado com a confusão que está minha cabeça. Nunca imaginei que aquela garota atrevida e cheia de marra, com sardas fofas na ponta do nariz, fosse mexer tanto comigo. Logo comigo, que sempre fui bom em seguir em frente.

Mas não dessa vez. Agora estou aqui, pensando em uma mulher que conheci por acaso, mas que mudou tudo.

Tentando desanuviar os pensamentos, alcanço o controle remoto e mudo de canal, mas nada parece chamar minha atenção. Alfredo retorna à sala e se deita aos meus pés.

— Quer saber, Alfie? Acho que preciso de um banho e de uma boa noite de sono.

34

Camila

Agora mesmo, sinto o vento gelado cortar meu rosto, sem piedade. Estamos cercados por montanhas imponentes que parecem alcançar o céu. Ainda está claro, e o sol fraco toca os picos com um tom dourado, que contrasta com o branco da neve. Quando respiro fundo, sinto o ar gelado arder em minhas narinas. A altitude tem desvantagens, mas o cenário faz todo o resto valer a pena.

Laura caminha à minha frente, mas de repente para e, com um sinal, me direciona. Desvio os olhos para onde ela aponta e ajusto o foco da câmera ao avistar um grupo de vicunhas. Sempre achei que elas, as alpacas e as lhamas eram a mesma coisa, ou praticamente iguais, mas aqui na expedição começo a entender a diferença na pelagem e no tamanho.

Os animais estão pastando tranquilamente em meio aos arbustos secos, sem se incomodar com nossa presença. Minha lente captura os detalhes, como o pelo claro, o olhar distante, e as montanhas maravilhosas que fazem parte do cenário.

Registro mais algumas imagens, os outros dois fotógrafos também fazem seu trabalho e, então, estamos prontos para seguir em frente.

Sinto a vibração no bolso do casaco, e acho estranho. Às vezes, aqui em cima, me sinto tão distante do mundo que não penso em ser contatada.

Deixo a câmera pendurada no pescoço, tiro o celular do bolso e vejo o nome de Luana, que enviou uma mensagem. Respondo que vou ligar quando chegar ao hotel, e depois acompanho o passo rápido dos meus colegas.

Subimos um pouco mais e fotografamos as montanhas em um ângulo novo. Às vezes, me parece que é tudo muito igual, mas então capturo uma luz diferente, um ângulo novo, e tudo se torna único.

Quando a luz do dia começa a diminuir, é hora de voltarmos. Estamos hospedados em um pequeno hotel em Santiago, no Chile. Já passamos por San José de Maipo e também por Bariloche, na Argentina, e faz mais de uma semana que estamos aqui. O trabalho parece perto de terminar.

Já dentro do quarto, tiro as botas de neve e o casaco pesado, que penduro no cabideiro, então coloco o aquecedor na tomada e me jogo na cama. Com o celular na mão, ligo para Luana, que atende quase imediatamente.

— Mila! Até que enfim me ligou, pensei que tivesse sido devorada por algum puma — ela brinca, e sorrio da piadinha boba dela.

Ouvir a voz dela é muito bom. O trabalho aqui pode ser incrível, mas me sinto muito sozinha, longe de tudo.

— Não me pegaram, eu sou bem rápida quando estou fugindo — brinco.

— E como está o Chile?

— Bom — respondo, com um suspiro. — Quer dizer, é tudo meio extremo, sabe? Um frio de outro mundo, mas também é lindo demais. Estamos fotografando vicunhas agora, são muito fofas.

— Ahh, que gracinha! E como está a galera da expedição? São legais com você?

Me remexo na cama, puxando um cobertor para esconder as pernas. Eu ainda preciso de um banho, mas, enquanto isso, não vou passar frio.

— Eles são ótimos, principalmente a Laura, mas os outros são gente boa também. Todo dia é uma aventura diferente...

— Mas?

Luana espera que eu explique a hesitação que consegue captar em minha voz. É óbvio que ela perceberia, somos amigas há anos e nos conhecemos bem.

— Me sinto sozinha aqui. Além disso...

— O bonitão viajante — ela conclui, acertando em cheio outra vez.

— É, sinto falta do Iago — digo, a última parte mais baixo, um pouco constrangida por admitir isso.

— Não entendi bem como as coisas ficaram entre vocês. Até sei, vocês estavam se pegando, e você está caidinha por ele.

— Eu nunca disse isso.

— É mentira?

— Não, mas eu não usei essas palavras.

Luana faz um estalo com a língua, dispensando minha negativa.

— Tá, mas a questão é que estavam apaixonadinhos, aí você recebeu o convite pra esse trabalho, e vocês terminaram...

— Não exatamente, conversamos antes que era pra valer, mas ele não me pediu em namoro, né? Então não foi um término, e ele disse que esperaria por mim. — Minha voz soa firme, mas dá para perceber a tristeza em meu tom.

— Então qual é o problema?

— É que ele disse isso, mas é... Ele espera que eu o procure, mas não me ligou nenhuma vez enquanto isso, e não nos falamos mais.

Luana fica calada por um instante, absorvendo tudo.

— E você não ligou?

— Não. Acho que tenho que me dedicar a isso aqui, e depois resolver as coisas com ele. Mas sinto saudades...

— E quando voltar? Ele mora em outra cidade — ela comenta, me sondando.

— Não tem mais nada que me prenda aí, amiga, posso trabalhar de qualquer lugar.

— Depois que recebeu essa proposta e desistiu de ir pra Porto Alegre com a Bia, pensei que você fosse acabar voltando pra cá! E eu? — Ela se faz de ofendida.

— As duas cidades são bem próximas, não seria um problema. Não sei... Tenho pensado nisso enquanto estou aqui, e quero ficar perto dele, quer dizer, se ele também quiser.

— Claro que vai querer, e você vai ser uma fotógrafa famosa e viver um romance lindo e ser muito feliz, porque você merece. — Posso sentir o carinho na voz dela. — E sabe de uma coisa? Foi bom que se separassem por um tempo, assim você conseguiu entender o que estava sentindo de verdade, não está mais naquela bolha da viagem e sabe que quer mesmo ficar com ele.

— Eu sei, tomara que essa distância tenha feito a mesma coisa por ele, e não o contrário — falo, deixando transparecer um medo que venho sentindo. Mas decido mudar de assunto, porque não adianta ficar me torturando com isso agora. — E você? O que anda aprontando por aí?

Ela ri do outro lado da linha.

— Nada tão emocionante quanto explorar montanhas ou viver um amor na estrada, só sobrevivendo à minha rotina. A vida é injusta, amiga — ela completa, com uma risada.

— Ei, eu já estive desse lado por muito tempo, não acha justo trocar um pouco?

— Tem razão, meio que é justo, sim. Mas olha, eu quero ver essas fotos assim que possível! E, falando nisso, já sabe quando vai voltar?

— Ainda não sei com certeza, mas não deve demorar.

— Assim espero! E pode vir me ver, nada de sumir com o seu ladrão de pastéis e me abandonar.

— Tá certo, eu prometo.

— Se cuida, hein? Te amo.

— Também te amo.

Encerro a chamada e coloco o telefone na mesa de cabeceira. Estou criando coragem para me levantar e ir tomar um banho quando meu celular vibra com outra ligação. Por um instante, penso que pode ser ele, e meu coração dispara, cheio de expectativa.

— Alô? — atendo, tentando soar menos desesperada.

— Camila Menezes? — A voz do outro lado é formal e com sotaque, e isso basta para me fazer entender que não é o Iago.

— Sim, sou eu. Quem é?

— *My name is Julia, and I am speaking on behalf of the* National Geographic *communications team.*

Além da parte em que ela fala o nome e *National Geographic*, não entendo mais nada, meu inglês sempre foi pavoroso. Por isso improviso meu melhor "*one minute*" e saio correndo do quarto, para bater na porta ao lado.

Quando Laura abre, primeiro seus olhos se arregalam ao perceber que estou descalça, mas não dou tempo para que questione.

— É uma ligação — falo, afobada, gesticulando. — A moça disse que se chama Julia, e algo de *National Geographic*, mas não entendi nada. É inglês...

— *National*... — A compreensão chega aos olhos dela, que se arregalam. — Quer que eu fale?

Aquiesço, passando o telefone para ela. Laura se apresenta e explica que eu não falo inglês, ou ao menos é o que consigo deduzir pelo contexto, e então ela começa a traduzir, ao mesmo tempo em que seus olhos vão se arregalando mais e seu sorriso cresce.

— Ela está ligando para informar que amaram uma das suas fotografias, e querem publicar na próxima edição. Meu Deus...

Por um momento, não consigo dizer nada, minha mente tenta assimilar o que acabo de ouvir. Por sorte, Laura se recupera antes e consegue responder à mulher com alguma coerência, imagino.

— Espera... O quê? Jura? — ela pergunta, e prendo a respiração. O que pode ser ainda melhor que isso? — Isso é...

— O que foi?!

— Ela disse que a fotografia vai receber um prêmio no Brasil. Caral... — Ela interrompe o palavrão, e cerra os lábios com um sorriso, antes de voltar a falar em inglês.

Enquanto Laura responde tudo e se despede, eu apenas pisco, parada no lugar. Meus pés devem estar congelando agora mesmo, mas mal percebo o frio passar pelo meu corpo, anestesiada.

— Um prêmio deles? — balbucio, ainda sem acreditar.

Laura desliga e me olha, boquiaberta.

— Camila! Meu Deus do céu! Ela disse que receberam milhares de inscrições no concurso, e a sua foi a foto selecionada entre elas. Eles vão te enviar as informações sobre a premiação e querem uma entrevista.

Meu corpo todo é invadido por uma onda de alegria que aquece cada parte de mim, como se eu tivesse acabado de mergulhar em felicidade pura.

Não consigo acreditar que esteja mesmo acontecendo. Eu me inscrevi em dezenas de concursos e postei várias fotos com as hashtags para que, quem sabe um dia, pudessem me notar. Nunca cheguei a me inscrever em um concurso que fosse especificamente da *National*, porque não acreditava que poderia ser selecionada. Então...

— Qual foi a foto que você inscreveu? — Laura pergunta, animada.

— Eu... — Penso por um instante, mas não consigo responder. — Será que tem alguma chance de terem me confundido? Eu não me inscrevi no concurso deles, pensando bem... Ou será que me escolheram pelas hashtags?

Laura franze o cenho, tão confusa quanto eu.

— Que estranho. Não sei como selecionaram, mas não tenho dúvidas de que é com você. Pode comemorar!

— Isso é... incrível! — Finalmente consigo dizer, com a voz trêmula de emoção. — Eu nem sei o que sentir, é o sonho de uma vida inteira.

— Estou muito feliz por você — ela responde, e me envolve em um abraço apertado. — Parabéns, Camila!

— Muito obrigada! — digo, a emoção tomando conta de mim.

Volto para o meu quarto sentindo uma mistura de euforia, ansiedade e realização. Não é apenas uma grande vitória profissional, é uma prova de que, apesar dos tropeços e das dificuldades, estou seguindo o caminho certo.

35

Iago

Estou no barracão, conferindo o estoque para verificar se temos todos os materiais do pedido que precisamos liberar até o fim do dia. Não é o meu trabalho, mas quando se trata de clientes de muitos anos ou que fazem compras muito significativas, prefiro verificar pessoalmente, para que não haja erros.

As pranchas de madeira já foram empilhadas perto da porta, e um caminhão espera do lado de fora, pronto para levar tudo para a obra no centro. Passo os olhos pelo formulário mais uma vez, me certificando de que não tem nenhum erro nas quantidades.

— Tudo certo com o pedido, Iago? — Samara, a arquiteta responsável pela obra, me tira por um instante do foco.

Erguendo o olhar, eu a encontro encostada na porta, sorrindo. Samara é sempre muito simpática, mas desde que começou a trabalhar com nossa loja neste projeto, já percebi algumas indiretas e sorrisos não muito sutis.

— Está tudo certo, acabei de revisar. — E, me voltando para os funcionários, libero o carregamento. — Podem carregar no caminhão.

— Legal — Samara fala, chamando minha atenção. — Acho que temos que comemorar que tudo deu certo, estamos quase finalizando a obra, e você ajudou muito. O que acha de sair pra beber alguma coisa? — Ela ri, em um tom descontraído.

Sorrio, para não ser grosso, mas nego, com um gesto de cabeça.

— Não estou com tempo nem de beber água.

— Você é bem difícil, hein? — Samara brinca, mas dá um passo à frente e me lança um olhar curioso.

Por um momento, penso em desconversar, mas acho que esclarecer as coisas é o melhor para todo mundo. Assim ela já entende que não faz sentido insistir e direciona seu foco para um alvo disponível.

— Eu tenho alguém, e ela não vai ficar feliz se eu sair pra beber com uma amiga.

Com isso, Samara assente, seu olhar perde o brilho malicioso.

— Ah, eu não sabia. Esquece que eu disse qualquer coisa então, e me desculpe.

— Tá tudo bem, você não tinha como saber.

Antes que eu diga mais alguma coisa, minha mãe surge na porta. Com a deixa, Samara aproveita para se despedir e vai embora com o caminhão.

— Eu vim ver se o caminhão tinha saído, mas cheguei bem na hora.

Minha mãe cruza os braços e me olha com aquela expressão desconfiada.

— E então? Chamou ela pra sair? — pergunta, curiosa. — Já notei que ela fica te rodeando sempre que vem aqui.

— Não estou interessado, mãe. — Volto os olhos para a planilha, fugindo dela. Mas claro que ela não se dá por satisfeita.

— Por causa da outra moça, né? A da viagem.

Fecho os olhos por um instante e respiro fundo, porque a mera menção a Camila, ainda que indireta, me faz remoer as últimas semanas sem contato.

Minha mãe sempre sabe quando estou escondendo algo, e mesmo que eu tenha negado quando voltei, ela não acreditou nem por um instante.

— É — admito, ainda sem me virar para olhar em seus olhos perspicazes. — A senhora venceu, mãe. Eu não quero nada com a Samara nem com ninguém, porque estou esperando a Camila voltar.

Como ela fica calada, finalmente me viro para ela e encontro um sorriso largo em seu rosto.

— E ela vai demorar?

Coço a cabeça, me questionando se contar a ela foi mesmo uma boa ideia.

— Teoricamente, ela volta ao Brasil na próxima semana. Mas não nos falamos...

— Bom, então acredito que você não vai ficar parado, só esperando, certo?

Minha mãe se aproxima e me dá um tapinha no ombro antes de sair do depósito, me deixando sozinho com meus pensamentos.

Quase em modo automático, abro o Instagram e entro no perfil de Camila, como tenho feito diariamente.

Vejo que ela postou um story há pouco tempo e clico para assistir. O vídeo começa, e me assusto por um segundo ao perceber que ela está chorando. Aumento o som e então ouço sua voz.

"Eu não sei nem como explicar pra vocês quanto me sinto grata a Deus por esse presente, como me sinto realizada, sabem? Minha foto foi premiada pela National Geographic, *e eu estou surtando!"*

Meu coração dá um salto ao ouvir as palavras dela e ver seus olhos marejados de emoção. Não consigo conter o sorriso.

"E querem ouvir algo engraçado? Eu nem sei como eles tiveram acesso à foto, porque não me inscrevi no concurso."

Isso me faz rir alto, e percebo que também estou emocionado, ainda que seja ridículo estar querendo chorar com ela, parado em meio a prateleiras de cimento e montes de tijolos.

Em seu próximo story, há um texto sobre um fundo escuro.

"Sei que não teria chegado até aqui sem o apoio de uma pessoa que esteve comigo e que acreditou em mim. Se estiver vendo isso, saiba que, depois da premiação, vou te agradecer pessoalmente."

Minha mente trava por um segundo. O que ela quis dizer? Estava falando de mim? Como ela poderia saber que eu enviei aquela foto?

Por um instante, fico olhando para a tela do celular, pensando em tudo isso e no que significa para nós.

Fico parado por um bom tempo, com o celular ainda na mão. Uma parte de mim acredita que, independentemente da foto ou do prêmio, acabaríamos nos reencontrando. Outro pedaço meu grita para que eu pegue um avião e vá assistir à vitória dela.

36

Camila

A maioria das cadeiras do auditório está ocupada, e sinto o coração bater tão rápido que ele poderia sair pela boca. Para não dizer que é a minha primeira vez, recebi o prêmio da *Natural* antes disso, mas ele foi enviado até mim através de uma transferência bancária, e pronto!

Dessa vez, é completamente diferente. As luzes fluorescentes iluminam o salão todo, e outras amareladas estão sobre o palco. Ouço as vozes das pessoas à minha volta como se não passassem de um zumbido distante, porque, agora, o mundo está girando em um ritmo diferente do meu.

Meu corpo está presente, sentado na primeira fileira, esperando meu nome ser chamado. Mas minha mente está acelerada, pensando em tudo o que passei para chegar até aqui, e no quanto mamãe sentiria orgulho e adoraria me ver receber essa premiação.

A cerimônia é em São Paulo, e infelizmente Luana não pôde vir, por isso estou sozinha. Eu gostaria de ter ligado para o Iago e o convidado, mas tive medo de que ele dissesse não, e isso me deixaria frustrada antes de um momento muito importante.

Agora estou aqui, entre fotógrafos que sempre admirei, aguardando. Tento respirar fundo, mas a ansiedade não ajuda em nada.

Fiz o meu melhor para estar bonita esta noite, e escolhi um vestido que faz parecer que estou no Oscar. Fui até ao salão arrumar meu cabelo revolto e me maquiar, porque esse acontecimento merece minha melhor aparência.

O apresentador está falando ao microfone, anunciando a categoria, e minhas mãos começam a suar.

— A fotografia premiada é "Asas do Sol", de Camila Menezes!

O som dos aplausos me alcança, e levo um instante para conseguir me colocar de pé.

A foto surge no telão, e vejo a imagem da borboleta pousada na mão de Iago enquanto o sol se põe ao fundo. Caminho em direção ao palco, e cada passo soa mais e mais importante, porque finalmente as coisas parecem estar se transformando em minha vida.

Subo os degraus, devagar, e sinto os olhares das pessoas em mim. O apresentador me entrega um troféu e o microfone, e as palmas continuam enquanto tento organizar meus pensamentos. Me posiciono e encaro as centenas de rostos à minha frente.

— Eu... — Minha voz vacila por um instante. — Eu não esperava por isso. Quer dizer, eu sonhava com este momento, mas não imaginava que fosse acontecer nesta vida.

Faço uma pausa, e é como se toda a minha história até aqui passasse diante dos meus olhos. Os planos com minha mãe e todo o seu sofrimento, o amor dela, o luto, a viagem com Iago e todos os meus sonhos.

— Quero dedicar este prêmio à minha mãe, que sempre acreditou em mim, mesmo quando eu não acreditava. Ela me ensinou que o mundo está aí para ser explorado.

Meus olhos estão cheios de lágrimas não derramadas, e inspiro, tentando me acalmar. É quando o inesperado acontece: repentinamente, uma borboleta aparece voando pelo salão.

Por um instante, penso estar imaginando coisas, talvez motivada pela emoção. Eu a acompanho com os olhos e a vejo bater as asas vagarosamente, como se dançasse no ar. Hipnotizada, sigo seu caminho com os olhos, e ela flutua pelo salão até pousar delicadamente em uma cadeira, no meio da plateia.

E é então que o vejo.

Nossos olhares se encontram, e o tempo para, a profundidade em seus olhos me atravessa, e Iago sorri, um sorriso enorme, carregado de felicidade.

Ele veio até aqui, veio me encontrar e compartilhar esse momento comigo.

O nó na minha garganta se aperta um pouco mais, mas eu me obrigo a continuar, porque o burburinho das pessoas já está ficando audível. Seguro o microfone com mais firmeza e sorrio, deixando que a emoção transborde.

— Me desculpem, eu acabo de ver que alguém especial veio me encontrar e perdi a linha de raciocínio... — admito, e algumas risadas se seguem ao meu comentário. — Inclusive, quero agradecer a ele — falo, me dando conta do que realmente aconteceu. Eu nunca inscrevi aquela foto, e Iago é a única pessoa que estava comigo e que poderia ter feito isso. — Sem ele, eu não estaria aqui hoje. Obrigada por acreditar em mim.

Meus olhos encontram os dele mais uma vez, e, por um instante, não há ninguém além de nós neste salão. As pessoas estão aplaudindo, mas o som chega como se viesse de longe.

O apresentador retorna para perto, e devolvo o microfone a ele. Com a estatueta firme nas mãos, agradeço os aplausos e sigo para a escada. Iago ainda está lá, acompanhando meu percurso com os olhos.

Desço devagar e caminho para ele, convicta de que agora estou pronta para descobrir o que vem a seguir.

Iago parece entender minha intenção, porque também se coloca de pé e segue para a saída. Não podemos fazer isso aqui, enquanto as premiações ainda acontecem, e por isso eu faço o mesmo caminho que ele.

Eu o encontro fora do salão, atrás das portas de madeira. Ele está de pé, finalmente a poucos metros de mim. A borboleta se foi, mas ela o trouxe até aqui.

Estamos frente a frente, e é como se o tempo não tivesse passado, como se os dois meses em que estivemos separados sequer existissem.

Iago sorri daquele jeito lindo, que tem o poder de me desmontar inteira, e, antes que eu diga qualquer coisa, tira um buquê de flores das costas e o estende para mim, são lindos girassóis.

— Eu sabia que você ia conseguir, estou orgulhoso. — Sua voz é grave, cheia de sentimento, e me revira toda por dentro.

Eu sorrio e, sem pensar duas vezes, dou um passo à frente. A estatueta ainda está na minha mão, e agora seguro as flores na outra, mas Iago compreende minha intenção, e nada disso importa, porque ele me puxa para perto e nossos lábios se encontram.

O beijo é carregado de saudade e carinho, de amor. Como se, um no outro, reencontrássemos uma parte nossa que estava perdida. Sou envolvida pelos braços dele e inundada pelo cheiro bom de seu perfume. E quando nos afastamos devagar, sei que eu poderia me perder no brilho que vejo nos lindos olhos dele, assim como poderia morar em seu abraço.

— Nossa, eu senti tanto a sua falta, Camila. — Iago cola a testa na minha, em um gesto carinhoso.

— Eu também. — A resposta sai sem esforço, porque é a mais pura verdade. — Em cada segundo de cada dia.

Por alguns minutos, apenas ficamos abraçados, como se o mundo ao redor não existisse.

— Você voltou mesmo? — ele pergunta, o tom leve, mas cheio de expectativa.

— Voltei de vez.

— E agora?

Minha risada escapa antes que eu possa segurar.

— Eu tinha planos, sabe?

— É mesmo? — Sua voz soa preocupada. — Eu te atrapalhei?

— Meu plano era ir até uma cidade no interior de Minas, procurar por um cara que conheci na estrada. Mas ele apareceu aqui com girassóis... Aliás, de onde tirou essas flores?

Iago faz um muxoxo, completando o gesto com um sorriso orgulhoso.

— Pedi ao segurança que guardasse durante a premiação e corri pra pegar antes que você saísse. Mas me diz uma coisa, você ia mesmo me procurar? O que queria comigo, hein? — Ele agora sorri, daquele jeito travesso.

— Tudo, eu quero tudo com você — admito —, se também quiser.

— Estava torcendo pra que você dissesse isso. E o Alfredo também, porque está morrendo de saudade.

— E eu dele...

— Mas vamos vê-lo depois, porque, pra comemorar que agora você é uma fotógrafa premiada, acho que temos que comer uns pastéis. — Iago me dá uma piscadinha, e eu sorrio, porque essa é a forma perfeita de comemorar.

Passando o braço pelos meus ombros, ele me puxa para perto, e saímos juntos do prédio.

Estou exatamente com quem quero estar, e independentemente de onde seja, se Iago estiver comigo, estarei feliz. Tudo porque uma borboleta surgiu quando eu estava perdida e me guiou em segurança até meu novo lar.

37

Iago

Eu a observo se sentar na cadeira à minha frente, arrumando o cabelo castanho atrás da orelha. O cheiro dos pastéis fritos chega até nós, e vejo o atendente caminhar até nossa mesa e colocar os pratos com os salgados sobre ela.

Estar com Camila, depois de tudo, traz um sentimento de alegria, e eu mal podia esperar para que isso acontecesse.

— Você realmente ama pastel, hein? — ela brinca, pegando o seu no prato.

— Acho que já discutimos isso e chegamos à conclusão de que eu preciso de pastel para sobreviver — devolvo, rindo. — Mas quer saber de uma coisa?

— O que foi?

— Não consegui comer enquanto você estava fora.

Vejo um sorriso se formar em seus lábios.

Acompanho enquanto ela morde o pastel e depois limpa o canto da boca com o guardanapo. São momentos simples, mas pelos quais esperei ansiosamente.

— Queria te contar uma coisa. Faz um tempo que eu devia ter dito, mas não sei...

Ela ergue as sobrancelhas, curiosa.

— O que foi?

— Sabe a foto da premiação?

Ela faz que sim, e seu sorriso se alarga ainda mais.

— Eu sei que foi você, Iago — fala, me surpreendendo. — Quer dizer, eu não sabia, fiquei me perguntando como me selecionaram se eu não tinha enviado a foto. Pensei que tivessem achado no meu Instagram, mas tudo parecia esquisito.

Seguro o copo de suco e brinco com ele entre os dedos, pensando nisso.

— E como descobriu?

— Só descobri hoje, quando te vi na plateia. Não tinha nenhuma outra pessoa que poderia ter enviado a foto.

— É, eu te inscrevi no concurso. — Dou de ombros. — A foto tinha muito potencial, e aquela revista era seu sonho. Você se inscreveu em vários outros, mas não tinha se inscrito justamente no que mais queria.

Camila me observa, até que balança a cabeça.

— Nunca imaginei que fossem me escolher, que eu tivesse alguma chance.

— Eu fiquei com um pouco de receio de que você achasse ruim, mas arrisquei assim mesmo. — Ofereço um sorriso sem jeito a ela. — E, enquanto esperava, acompanhei toda a sua expedição pelas Cordilheiras, ao menos tudo que postou. Foi a forma que encontrei de ficar perto.

Camila apoia os cotovelos na mesa e o queixo nas mãos, me observando com uma expressão indecifrável. Seus olhos têm um brilho suave.

— Acha que pareço um idiota?

— Não é idiota, é muito fofo. — Seus olhos estão fixos nos meus, e eles estão tranquilos. — Fiquei esperando que você me ligasse esse tempo todo.

— Eu não podia — falo, cerrando os lábios —, queria muito, mas prometi a mim mesmo que você teria seu espaço, que iria realizar seu sonho sem ficar presa a mim. Mas eu contei cada segundo em que esteve fora.

Ela me olha, e dessa vez seu sorriso carrega mais do que diversão, traz compreensão.

— Eu tenho uma novidade — ela diz, mudando de assunto de repente. — Sabe a Laura, da *Natural*?

— Claro. A mulher que te tirou de mim — brinco, tentando acompanhar.

— A própria. Ela me ofereceu um emprego. — Camila faz uma pausa, e eu vejo o brilho nos olhos dela aumentar. — É home office. Bom, não exatamente, ainda preciso estar fora de casa fotografando, mas significa que posso viver em qualquer lugar.

— Isso é... — Não consigo segurar o sorriso.

Será que ela está dizendo o que eu entendi?

— É incrível. — Ela morde o lábio, pensativa. — Agora posso escolher onde quero morar, sem preocupações.

É inevitável que eu me encha de esperança. Estou decidido a ficar com ela de qualquer forma, mas se ela puder estar comigo todos os dias...

— E você já se decidiu?

O silêncio entre nós é carregado de expectativa, e então Camila finalmente responde.

— Por mim, está decidido.

— Então... Você quer vir pra casa comigo?

Ela se inclina para trás, ainda segurando o pastel. E me fita como se os segundos parecessem eternos, então pousa o salgado no prato.

— Olha, Iago, nós estamos começando esse relacionamento, e não quero apressar as coisas. Decidi que quero morar na sua cidade, para estarmos juntos, porque eu te amo — fala, dando de ombros, como se fosse algo muito simples de admitir. E é simples, porque eu sinto a mesma coisa.

— Mas?

— Talvez seja cedo para morarmos juntos. Pensei em alugar uma casa e...

Meu coração afunda um pouco, mas ela segura minha mão por cima da mesa, entrelaçando seus dedos nos meus.

— Não tem nada que eu queira mais do que ficar com você, mas não quero impor minha presença nem assustar a sua família.

Aperto a mão dela com mais firmeza.

— Eu também te amo, Mila — falo, respondendo sua declaração anterior —, e sei que é cedo. Mas quando é que as coisas entre nós foram normais? Eu tenho certeza de que quero ficar com você, Camila, e se quiser esperar uns meses para se mudar para a minha casa, tudo bem, mas se preferir fazer isso agora, eu vou ficar muito feliz.

Ela sorri, concordando, e nesse instante eu me dou conta de que não importa o espaço físico onde estivermos, morando na mesma casa ou não, estando no mesmo país ou não, porque o sentimento é recíproco e permanente. Estamos juntos.

EPÍLOGO

Iago

Camila e eu conversamos melhor e ela optou por alugar uma casa para morar sozinha, pelo menos a princípio, mas conseguiu um imóvel na mesma rua onde eu moro. Depois de passar em casa e tomar um banho, dirijo pelo condomínio até chegar em frente ao portão de madeira da casa para a qual ela está se mudando, e estaciono na porta.

Passa pouco das seis da tarde, e está começando a escurecer. Na carroceria, pego duas caixas com algumas coisas que compramos para ela e, equilibrando-as nos braços, empurro o portão com o ombro. A luz da sala está acesa, e pela janela consigo ver Camila agachada, mexendo em outra caixa.

— Cheguei com a mudança! — anuncio, empurrando a porta da frente com o pé.

Camila ergue o rosto para mim e abre um sorriso. O cabelo dela está preso em um coque no alto da cabeça, e o rosto, tingido por um rubor leve, provavelmente porque é teimosa e, em vez de me esperar, estava mexendo e arrastando os móveis para reorganizar.

— Ah, que bom! Sabe de uma coisa? Foi uma ideia maluca vender as coisas da minha antiga casa, mas foi uma ótima ideia alugar uma casa mobiliada. Agora só preciso de itens pessoais!

— Pensa pelo lado positivo, vai ser bom recomeçar com tudo novo, tudo diferente.

Ela aquiesce, com um sorriso satisfeito nos lábios.

— São os pratos e os copos?

Sondo a caixa em meus braços e aceno, confirmando.

— Então pode colocar na cozinha, por favor. Vamos deixar nos cômodos certos, assim facilita na hora de arrumar tudo.

Levo as caixas para a cozinha, como ela pede, e as coloco sobre o balcão. Como Camila abriu mão de tudo ao cair na estrada, todos os seus utensílios são novos, e fiz questão de ajudar com essas pequenas coisas, embora esteja torcendo para que ela vá morar comigo em alguns meses.

Sinto o cheiro de café fresco e inspiro mais fundo para confirmar.

— Fez café? — pergunto em voz alta.

— A garrafa está na pia! — ela grita da sala.

Estou me servindo em uma das xícaras novas quando ela surge ao meu lado e se apoia na bancada, me observando. Camila é a mesma garota que conheci e por quem me apaixonei, mas, agora, as dúvidas e a tristeza ficaram para trás, e há um brilho diferente nos olhos dela que a torna ainda mais atraente para mim.

— O que está achando da casa? — Cruzo os braços e me encosto no balcão também.

— É ótima. — Ela sorri, olhando ao redor com satisfação. — Mudar dá trabalho, mas eu não tinha muita coisa, né? Além disso, agora estamos bem perto um do outro, e eu estou feliz por me estabilizar com o emprego novo.

Assinto, porque concordo, e, apesar de querer morar com ela e estar junto o tempo inteiro, fico feliz em vê-la conquistando sua liberdade e assumindo as rédeas da sua nova vida.

— Ainda não acredito que você topou se mudar pra cá.

— Quem diria que um ladrão de salgados iria me conquistar a esse ponto, não é mesmo? A vida prega umas peças na gente de vez em quando — ela completa, piscando para mim, e em seguida se inclina um pouco para me dar um beijo rápido.

— E a *Natural*? — pergunto, curioso.

Camila começou a trabalhar oficialmente hoje, embora tudo já esteja acertado há alguns dias. Com a mudança, também com a papelada que precisou preencher, apenas hoje ela começou a fotografar efetivamente.

— Ainda vai levar um tempo pra me acostumar com a rotina como correspondente, mas adoro a liberdade, e o salário — brinca. — Saber que tenho que cumprir com algumas entregas mensais e que meu salário está garantido é maravilhoso. E, você sabe, vou pegar alguns freelas para a *National Geographic* — ela fala com naturalidade, como se não fosse a primeira vez que toca no assunto.

— Você vai o quê?

Camila ri alto e, afastando-se da bancada, começa a dançar e dar alguns pulinhos pela cozinha.

— Isso mesmo que você ouviu! Vou fotografar pra eles no meu tempo livre!

— Meu Deus! Isso é maravilhoso! — Eu a enlaço pela cintura e a abraço, e Camila ergue os pés do chão enquanto rodamos pela cozinha. — Eu disse que seriam loucos se não quisessem suas fotos.

Quando a coloco no chão novamente, ela está sorrindo e me abraça forte, irradiando alegria.

— Tudo está dando tão certo, nem posso acreditar que esteja acontecendo mesmo comigo.

— E agora, para fechar com chave de ouro, vamos jantar com os meus pais.

Ela ri, meio nervosa, e cruza os braços, afastando-se um pouco.

— Será que vamos fechar com chave de ouro mesmo? E se eles me odiarem e me enxotarem de lá? Vão dizer que obriguei o filho deles a fazer uma tatuagem — ela completa, com uma careta.

— Deixa de falar besteira, minha mãe adorou a homenagem que fiz para a Angélica. Além disso, eles estão ansiosos pra conhecer você.

Camila assente, mas ainda posso ver um brilho de ansiedade em seus olhos.

— Também estou ansiosa para conhecer sua família.

— Que bom, só vai ter que sobreviver às perguntas sobre a sua expedição, porque minha mãe não vai te deixar em paz até saber de cada detalhe.

Camila ri, balançando a cabeça, e, me puxando pela mão, me arrasta de volta para a sala.

— Não tem problema, conto tudo com o maior prazer.

Fico olhando para ela por um instante, e é difícil acreditar que estamos aqui depois de tudo, mas, ao mesmo tempo, parece tão certo, como se não houvesse outra possibilidade... Meus olhos encontram um dos poucos objetos dela que sobreviveram à sua metamorfose.

— Vamos arrumar o seu quadro dos sonhos? — sugiro, apontando para a moldura que comprei para ela.

Camila e a mãe fixaram várias imagens na parede da antiga casa, das viagens e dos lugares aos quais queriam ir. Era um quadro simples; na verdade, era apenas uma montagem de fotografias, mas quando ela me mostrou as fotos, mandei fazer uma moldura especialmente para enquadrar tudo.

— Claro! — Ela busca a moldura e a segura com carinho, como se fosse um tesouro. — Muito obrigada por isso, Iago, vai ficar incrível!

Busco as ferramentas na caminhonete, e com a furadeira faço os furos para fixar o quadro, que é bem pesado.

Depois, encaixamos as imagens coladas dentro da moldura e, antes de colocarmos na parede, Camila corre para buscar uma caneta de ponta grossa, vermelha. Sorrindo, ela faz um X em cima de todos os lugares que conhecemos juntos, e só então o ajusto no lugar certo, enquanto ela o mantém no lugar para que eu termine de fixá-lo.

Quando está pronto, nós damos um passo para trás para admirar o trabalho. Cada X marcado é um pedaço da nossa história, algo com que ela e a mãe sonharam e que nós dois realizamos.

Ou nós três, considerando Alfredo, ou mais, com as visitas das borboletas.

— E agora? Qual vai ser nosso destino nas próximas férias?

Camila encara o mapa, mordendo o lábio de leve, como faz quando está pensando.

— Hum... aqui no Brasil? Podemos conhecer as praias do Nordeste. Ou, se quiser sair do país, podemos ir até a Islândia, ver de perto a aurora boreal.

— Fechado, vamos fazer as duas coisas.

Por um momento, ficamos parados, apenas fitando o quadro. Camila me dá a mão e entrelaça os dedos nos meus.

O quadro é um símbolo de tudo por que passamos, de todas as aventuras e do caminho que a trouxe até mim. Mas também uma representação de que estamos apenas começando nossa vida juntos, e ainda há muito que explorar.

— Sabe de uma coisa? — Ela se vira para mim, com um olhar sereno que me desmonta por completo.

— O quê?

— A gente vai longe ainda. Não importa o destino, nós vamos juntos.

Eu a puxo para um abraço apertado, e sinto o calor de seu corpo contra o meu. E é aqui, em um momento simples mas cheio de significado, que me dou conta de que o destino é mais que um mísero ponto no mapa, ele é cada passo que damos no percurso. Porque, ao final de tudo, a viagem mais marcante não é para o lugar mais distante ou mais bonito, mas aquela que fazemos com a pessoa certa.

Em teoria, dizem que pequenas alterações podem ter grandes consequências, é o que chamam de efeito borboleta, e Camila e eu o atestamos na prática. Um pastel roubado, uma carona e alguns pneus furados causaram uma verdadeira mudança em nós.

Nossa metamorfose.

AGRADECIMENTOS

Agradeço especialmente a todos que, de alguma forma, fizeram parte do meu processo até aqui, para que este livro ganhasse vida. Obrigada, Deus, por me dar fôlego para o trabalho, por ter me agraciado com o dom da escrita e com essa paixão que verdadeiramente me move.

Sou grata à minha família, por me apoiarem sempre e comprarem meus sonhos, mesmo que para os tornar realidade muitas vezes eu tenha que virar madrugadas escrevendo e abdicar de algum tempo com eles. Isso inclui meu amado pai, que foi o primeiro a me incentivar e a ler minhas histórias.

Ao meu esposo, por me amar mesmo de pijama e descabelada, surtando com algo relacionado ao processo criativo.

Às minhas amigas, Anny, Sil Zafia, Fernanda Santana, Rose e Lidiane. Vocês conheceram esta história antes dos outros, e viveram cada etapa da gestação dela comigo. Agradeço por me apoiarem e segurarem minha mão.

Às minhas parceiras, Anna Bia, Emilly, Hayane, Duda, Vivi e minha assessora, Vanessa Pavan, vocês são maravilhosas, e sou abençoada por ter cada uma de vocês em minha vida.

Grazi, minha agente, você é fantástica e sou grata por ter você ao meu lado, acompanhando meu ritmo insano de trabalho e me ajudando a lapidar cada romance que nasce na minha cabeça muito maluca. Obrigada por tudo!

Em especial, sou grata a vocês, meus leitores, porque sem cada um de vocês isso não seria possível, e não chegaríamos até aqui. Muito obrigada!

Primeira edição (maio/2025)
Papel de miolo Ivory bulk 58g
Tipografias Drummond, Aptly e Roustly
Gráfica LIS